格致文库

多大点事

崔海 著

山西出版传媒集团
北岳文艺出版社
·太原·

图书在版编目（CIP）数据

多大点事 / 崔海著. — 太原：北岳文艺出版社，2019.1
（格致文库）
ISBN 978-7-5378-5746-8

Ⅰ.①多… Ⅱ.①崔… Ⅲ.①散文集—中国—当代 Ⅳ.①I267

中国版本图书馆CIP数据核字（2018）第250056号

书　　名：多大点事
著　　者：崔　海
责任编辑：庞咏平
书籍设计：鸿儒文轩·书心瞬意

出版发行：山西出版传媒集团·北岳文艺出版社
地　　址：山西省太原市并州南路57号
邮　　编：030012
电　　话：0351-5628696（发行部）
　　　　　0351-5628688（总编室）
网　　址：http://www.bywy.com
E - mail：bywycbs@163.com
经 销 商：新华书店
印刷装订：北京中华儿女印刷厂

开　　本：787mm×1092mm　1/32
字　　数：100千字
印　　张：5.875
版　　次：2019年3月第2版
印　　次：2019年3月北京第1次印刷
书　　号：ISBN 978-7-5378-5746-8
定　　价：45.00元

目录

001　自述

005　酒

013　樱桃

017　左右

021　油烟墨

028　乱摘杂说

047　写与读

055　说"闲"

060	是搞定艺术还是被艺术搞定
	——崔海访谈
129	诗稿
149	麻将的事
161	画案子
166	那个时候，那些歌儿……
177	饥渴未能得饮食之正

自述

我写的东西大多信口开河,东一榔头西一棒子地想到哪儿就说到哪儿,总想把事说明白,可越说越不明白,究其原因大千世界事有百态,物有百理,何尝三言两语能道明。六根清净、吃斋念佛的为僧,呵佛骂祖、喝酒吃肉的也谈禅,各有各的说法和道理。说某人一天价吃喝玩乐什么的肯定没有什么表扬的意思,可细想想我们除了喊喊崇高的口号外,无外乎追求的还是吃喝玩乐的情趣。

谁都羡慕古人的洒脱人生——居于"陋室"无丝竹之乱、无案牍之烦,喝喝茶、会会友、弹弹无弦琴,可现实生活中"今生在世不如意,明日散发乘扁舟"的究竟是少数。谁又能脱离生活的喜怒哀乐不为柴米油盐而去奔波呢?

歌德说:"我们的周围有光也有颜色,但是我们自己的眼里如果没有光和颜色,也就看不到外面的光和颜色。"诗人可以用很多美丽的词语描绘我们这个世界,歌颂我们的生活。我们的生活的确值得描绘、值得歌颂,不过文辞的语调再动人、再华丽,毕竟是对生活的升华和概括,与我们的现实生活有着距离,比不过生活给予我们的感触。酸甜苦辣的味道是我们用舌头品尝出来的,而不是用嘴说出来的。至于我吗,不过是在用笔叙述着我对酸甜苦辣的体会而已。

崔海 白隐大士图 34cm×23cm 纸本设色 2013年

崔海 布袋和尚图 34cm×23cm 纸本墨笔 2012年

酒

有句老话：喝酒喝厚了，赌钱赌薄了。喝酒看来是和朋友联络感情的一种好的方式，赌钱可能不宜在朋友之间进行，请客吃饭几百元上千都抢着付，可是因为耍钱几十块都闹得脸红脖子粗！

我羡慕那些能喝酒的人，三伏天弄盘凉菜、喝点儿啤酒既凉爽又惬意；三九天炒俩热菜、烫壶白酒暖烘烘的，觉得神仙也不过如此。喝酒的最大优点是几杯下肚之后，说说平日不敢说的话，做做平日不敢做的事，"酒壮怂人胆"。时常蔫了吧唧的人，似乎也变成了勇士，安分守己的人也会一失足成千古恨，足见其"魅力"。

一个男生上学期间喜欢上了一个女同学，女同学也意识到了他的喜欢，只是感觉他女里女气的一直没有表态。临毕业前，从不喝酒的男生喝着几年来苦闷加失落的酒，喝多了，喝出了红酥手、黄滕酒的味道，也喝出了壮士一去不复还的感觉。说了平时不敢和女生说的话，以至还大骂了女生一顿，女生哭了，他也哭了。女生说：没想到你这么有脾气。男生说：我这么喜欢你，你总是云里雾里地让我看不透。此后他们走到了一起，还有了孩子，可以说是酒成全了他俩的婚姻。只是后来那个男生在生活当中遇到不高兴的事有了喝酒的习惯，一喝就多，多了就发脾气。

民间故事里说有一嗜酒如命的人，把家喝穷了，老婆也跟了别人，屋里的家什只剩下了一个酒壶和一个酒盅，如此潦倒中还没有忘记喝。后来他的事儿感动了阴界的一个酒鬼，经常来找他喝酒，成了阴阳之间要好的朋友。再后来那个酒鬼帮那个嗜酒如命的人发了大财，还娶了一个漂亮的媳妇。传说归传说，历史上酒这东西的确做了不少事，赵匡胤靠它稳固了自己的江山。不过，商纣王沉迷于此也葬送了自己的江山。这里面有酒的原因，但主要还是为当事者找了一个失败的借口。赵国邯郸嫌鲁国的酒淡薄而伐鲁，不是鲁国的酒不行，是因为鲁国的国力不行。

写《水浒》的那个施耐庵应该是个酒徒，出现的一些好汉基本上都是大碗喝酒、大口吃肉的草莽英雄。拿武松来说，干的一些漂亮事大多在酒后：景阳冈打虎、狮子楼杀西门庆、醉打蒋门神……即便是说李逵吃酒误事也没误过什么大事。伤心的是一些好喝的英雄也都死在了高俅、童贯送的御酒里，成于斯败于斯！不过，施耐庵对女人的态度就不一样了，没什么好感，长得好看的几个没有一个得好结果，潘巧云、潘金莲、阎婆惜就连林冲的老婆也算在了里面，留下一个扈三娘还嫁给了侏儒王英，倒是把颇有男人味儿的孙二娘和顾大嫂写得不错。由此，不得不怀疑施先生是不是一个"变态者"。

历史上有好几次禁酒，大禹时期、商汤时期主要是因为缺少粮食，"对酒当歌"的曹操也这么干过，主要是为了整顿社会风气。造酒需要消耗很多的粮食，我们在吃饭都成问题的时代，酒基本上是高级奢侈品，困难的人家一年都沾不了几口，所以现在好多地方让客人喝酒的风俗，基本上是历史留下"先人后己"的一种美德，好的东西自己舍不得，先紧着别人来。一来二去这种让酒的美德形成了劝酒的礼节。

南方人爱喝温和的黄酒，北方人爱喝火爆的烧酒，这如同各地的民歌，都是当地的生活环境和自然环境造就了他们的生活习性。

武松在景阳冈喝了十八碗烧酒，我们现在好多人怀疑这酒肯定不是烈酒，其实我们是以现在人的体力不敢相信古人的壮

崔海 行侠图 34cm×23cm 纸本墨笔 2014年

举。二次世界大战时男人精子的数量是现在男人的两倍,才经过了大几十年,几百年前的人可能同现在人的体能不一样。我的一个朋友他家祖上留下一口几十斤重的大刀,先人健在的时候可以把它舞动地上下翻飞,风雨不透。现在可好,不仅他们家没有一个人能够耍动,遗憾的是三六五乡的汉子也没有谁能够舞得起来了。看来,随着科技的发展我们有些地方是退化了。

酒和色是一对孪生的兄弟,"茶为花博士,酒是色媒人"。说你是酒色之徒基本也就废了,可酒色之徒们说:"世上无酒不成席,人间无色路人稀"也有道理。孔老夫子他爹叔梁纥好喝酒、爱垂钓,喝了一辈子酒,喝完了就撒酒疯,直喝得"纥与颜氏女野合而生孔子。"可见酒是可以乱性的。孔子更好喝,还落了个好名声:"孔非百觚,无以堪上圣"。

酒可以缓解人们的情绪,借酒消愁愁更愁,总归还是可以消愁。我们看到好多诗人是酒后才能够诗兴大发,李白是个代表。当然,酒有助于文辞的放纵,但并不是喝酒后才能够作诗,如此诗人都变成了酒鬼。有点儿像把艺术家们都要描写成脏兮兮的大胡子、乱蓬蓬的长头发,穿着离奇古怪的衣服,当然不乏有这个模样的,一是出于自己的生活爱好,大多可能是作秀,就跟一个人恐怕别人不知道他有钱,手上戴有十个八个的镏子。

文人和酒是默契的,他们把酒作为释放自己情绪的一种催化剂,他们读着《汉书》就有喝酒般的陶醉。高兴了喝、伤感了喝、麻木了喝、冲动了喝,不知有多少人靠它解千愁、弄骚情。

"对酒当歌,人生几何?"是感慨的酒;

"劝君更进一杯酒"是离别的酒;

"欲饮琵琶马上催"是壮行的酒;

"白日放歌须纵酒"是欢快的酒。

总之,酒是一种麻醉剂,是一种让人失去状态的东西。喝到最舒服的时候,使人晕晕乎乎地可以达到自在的状态,是清醒时无法感受的状态,他可以忘却现实、超越现实。

老人在教育孩子闯世界的时候总要说:"酒要少吃,事要多知。"喝酒应该是有酒德的,你真有酒量也爱喝那就喝呗,但不要影响到别人。喝多了吹吹:"今天咱就是哥儿们了,有事说话,没有哥儿们办不了的事。"你若真说有事,他的酒可能马上也就醒了,比吃药还来得快,这种情况下我们全当是"酒后牛逼症",全当是一种美好的幽默。可怕的是借着点酒劲耍疯酒,做出"天是老大,我是老二"的蠢事来,话不投机来个白刀子进去红刀子出来,朋友成了仇人,合法公民成了杀人犯,那就让"酒"背离了它的本性!

崔海 农家小趣 34cm×23cm 纸本墨笔 2014年

崔海　鼠茄图　34cm×23cm　纸本墨笔　2014年

樱桃

今天在市场上买了二斤樱桃,红中透紫、圆润可人。

以前只是听人说"樱桃好吃树难栽"。至于看吗,还是从齐白石的画上:一个青花的大盘子上放了满满的樱桃,有的还从盘子中滚了下来,也是红红的,可能用了不少胭脂、朱砂之类的颜色。第一次见到真正的樱桃,确切地说第一次吃樱桃是在威海,威海位于胶东半岛,胶东半岛盛产此物,满人街净是一些挑篓子的人,篓中装满樱桃,嘴中招揽顾客。

"红了樱桃,绿了芭蕉",把一个果子和叶子给诗意化了,描写得虽然没有伊甸园中的植物那么赤裸,但把男女的感情赋予得更加含蓄。

中国历史上是把美人的嘴描写成樱桃,女人们在描口红的时候都按照樱桃的外形去画,不仅要饱满、要红,更要小。审美总是在变化的,依这样的标准,今天的好莱坞美女罗伯茨,那张一下可以塞进七八个樱桃的大嘴,可能嫁人都成问题了。

人类有了思想,联想越来越丰富,老子想到:一生二、二生三、三生万物。牛顿由一个苹果定义了万有引力定律,晏婴依靠两个桃子杀了三个勇士……每天一杯奶振兴了一个民族,网上又说一个馒头引起了一场血案,真不知道一个或一斤樱桃能做点儿什么。

首先,我觉得樱桃是一个好吃的东西,其他对于樱桃的调情都是无所谓的,"看山就是山"。玉米本来是吃的,人类把它制造成乙醇汽油,世界粮食出现了危机,一个汽车的年消耗量相当一个人的口粮,并且从环保的意义上讲并没有使环境质量提高多少。

价值是不能绝对量化的,樱桃没有西瓜大,可吃西瓜还是吃樱桃,这要看个人的喜好。就是说傻事和聪明事不是绝对的,"聪明反被聪明误",倒是一句格言。

画家吴冠中说:"一百个齐白石也抵不上一个鲁迅!"我们再把这种理论扩展一下,二百个鲁迅肯定不如一个比较大的政客。每个人和每个人的社会价值是不一样的,自然界需要保持物种的多样性,社会也是同样。

物以稀为贵,什么东西少,人们就觉得它的价值高。过去玛瑙很贵，突然内蒙古的什么地方开矿时，发现一个大坑里全是玛瑙，一下子就把玛瑙的价格给砸了下来。去年的大葱十好几块一斤，大蒜才几毛一斤，原因是前年的大葱便宜没人种了，反之，前年的大蒜贵，种的多了。这些年樱桃的价格不菲，不知何时种樱桃的越来越多了，把樱桃的价格也砸下来。就像一个昔日呼风唤雨的分析师、投资家，因为经济危机的到来，看好什么跌什么、说什么赔什么，慢慢地，他已经不如一个风水先生在社会上有影响力了。

樱桃娇嫩，历史上同样娇嫩的、有名的水果是荔枝。杨贵妃的娇嫩可能和爱吃荔枝有关系，并且已经超过了荔枝本身，历史上提到的主要是她获取荔枝的方式，什么累死马、累死人的。搁到今天，来上两次空运，她也许早就腻了，又少了一个坏名声。不过老百姓还得感谢时代的发展，现在我们想吃荔枝就吃荔枝，想吃樱桃就吃樱桃，所以说时代在抹平以前不可超越的差距，对大多数人来说，还是说生活在今天更幸福。

一颗樱桃在口，却让人神思古今，其实更美妙的，还是它本身。还是趁着正当时令，多买两斤吃吧。

崔海　渔父图　34cm×23cm　纸本墨笔　2014年

左右

午睡醒来，突然就想到这个题目。

是因为我左翻右翻地睡觉，想找个更香甜的角度，还是因为睡觉前看陶渊明，说到陈仲子妻说"夫子左琴右书"？不得而知！

脑子里突然就冒出来许多左右。文人"夫子左琴右书"，武将"左牵黄，右擎苍"，对于儒雅和气魄都是恰当的描绘。但也有许多人是左拥右抱，温柔乡里，别样幸福。大约还有更上乘者，左右逢源，志得意满，是很多人眼里的成功。相较之下，左右为难的日子就格外难熬。厉害的人都想左右别人，不厉害的，只能为别人左右。

昔日天子帝王需要左辅右弼，有良臣相佐才能长治久安。其实人生在世要能把左邻右舍这点事整顺溜了，人就幸福了一大半，俗话说"远亲不如近邻"嘛。小到个人，大到国家，无一日不在为追求幸福安宁左思右想、左顾右盼、左冲右突。纷繁尘世，勇者左旋右抽，弱者左躲右闪、左支右绌也不足为笑，又有几人是左宜右有的？谁要是能左右命运，才算是真厉害。

得意的左摇右晃，显贵的左呼右拥，风流人物左铺右盖，没主意的忽左忽右，不着调的左耳朵听右耳朵出……都是世间百相，不经意间自己就身处其中。

用中庸解释偏左与偏右皆不恰当，是偏执，对的是不左不右，不偏不倚。

几十年前的中国，左右可是敏感的词。多少人就因为"左""右"改变了人生轨迹，左邻走了"左"，右舍不知怎么就成了"右"。曾经，人们对"右"避之不及，但时至今日，人们更在意能多认识几个左右时局的大人物。平心而论，有几个左右时局的大人物固然好，结交左图右书的知己、左手酒右手烟的哥们儿也自有一番乐趣。

人生在世若有三五有生活见识的知己，无须左顾右盼，尽管围炉左右，江左河右地谈论一番，岂不快事！如果这些左史右经的朋友们，无须在这社会左紫右拂就能生活得安逸幸福，这些左铅右椠的文人都安心地做着左图右书的事情，而不用因为左支右吾的狼狈生活而变得左书右息,那社会大概才是比较文明合理的良性发展的社会。

左说右说,不过是环首一视的这点事儿。人就是这么自我为中心,浮想联翩,搞出这么多不可左右的想法。

崔海　对弈图　23cm×34cm　纸本设色　2013 年

油烟墨

学画画伊始,同学送我一本泛了黄的《山水画技法》,这应该是我最早的老师。

书中提到墨的材质分为"油烟"和"松烟"。说写字的多用松烟墨,画画的多用油烟墨,因为松烟墨没有什么变化,写字用就可以了;绘画把墨是要画出浓淡干湿变化的,而油烟墨可以画出许多层次。

我学了几年的画,一直找不到老师,只是照着书上的画,什么人呀山呀老虎呀总也画得不像,画不出什么眉目。看了这本书后我意识到,画不好原来是墨不行,问题可能出在了墨身上,似乎找到了画不好的原因。出于此,首先要解决墨的问题,哪有卖的呢?一般的商店是不会有的,只能去县城里,我便不假思索地跑到离村十几里地的县城。

县城里是没有专业的文具店的，只有几个百货商店，其实也只能算是几个卖针头线脑的杂货铺，文具也都在那里面。本来不大的县城被来往的人群充斥得更加满当，犹如在盒子里蠕动的蚂蚁，城里的中心是慈云阁，应该是县城里的最老建筑了，当地人把它叫"槁儿"。一个三层楼那么高、四间房那么大、灰瓦红墙的空樘二层楼阁，一层是穿通的拱形大门，二层人说放有一些书籍和杂物，直到现在我也不知道它到底是干什么用的，只是觉得它很神秘。说是整个建筑上没有用一个钉子，造于何朝何代我不清楚，我只知道它是定兴县的形象特征。位于十字街口的中央，按照它的东南西北方向分为一街、二街、三街和四街，几个百货门市都分布在它的周围。

我急火火地奔向慈云阁东北角县城里最大的那一家，蹿动着来到文具柜台：

"有没有油烟墨？"

"什么油烟墨，干什么用？"

"画画。"

"这里只有墨汁，没有什么油烟墨。"回答很干脆，我望着售货员冷冷的面孔、听着他的干脆回答，热浪般的心情好像被泼了一瓢凉水，只能悄悄地离去。我又跑到第二家一问几乎和第一家的情况一样，还是没有，一家一家地问，一家一家都没

崔海 竹鸟图 34cm×23cm 纸本设色 2014年

有，我灰心了，这墨要是买不到我怎么画画，多耽误事呀！我蔫蔫地来到了最后一家，从心里想已经没有了什么希望，只是不甘心就这么两手空空地回去，再试试吧，我两脚慢慢地蹭到了文具柜台前，看到售货员是一个留长辫子的姑娘，"有没有油烟墨？""没有。"还是那样的干脆，只是这位售货员的脸上有了许多热情。

"买油烟墨做什么？"

"画画儿。"

"画画有墨汁和颜料，用什么油烟墨？"她满脸的疑惑。

我说："墨汁是没有油质的，只能用油烟墨才行。"

"这儿没有画画的油墨。"

我彻底绝望了，看来油烟墨是买不到了，我扫兴地转身要走，她喊住了我，"你看看这个行不？"见她扬起身子踮起脚尖从货架子的顶部拿下一个碗口大的金属桶，亮乎乎的上面还有蓝色的标签，用嘴吹了吹上面的尘土，在她右手中旋转出了"誊写油墨"四个大字。我见了"油墨"好像逢上甘露的庄稼，马上精神了起来，终于见到了"油"和"墨"二字出现在了一起，肯定行！

"多少钱？"

"两块五。"

两块五！在那个时期，这对于农村里一个穷学生应该是一个不小的钱数，凑了凑兜里焐着体温的毛票，用攥出汗的手，没有任何思考地就买了。

一脸的欢畅，飞也似的骑着车子，当时想车子倒了我摔坏了没什么，可不要摔坏了油烟墨。想象着用油烟墨画画的感觉，美极了！看着道路两边的景色真像语文书上说的那样：蓝蓝的天空上白云飘，树上的鸟儿喳喳叫。

回到家，端详着那个金属桶，这么好的东西还真有点舍不得过早地打开，不过还是内心的急迫战胜了对它的爱惜。锹开后，里面是油乎乎、黏乎乎、稠乎乎、黑乎乎的散发出像油漆一样味道的液体，拿笔一试根本画不了画，才知道此"油墨"并非彼"油墨"。

我非常懊丧，母亲在旁边不住地嗔怪我："也不好好问问就买！"其实母亲哪里知道，当时在商店我见到"油墨"二字的心情，高兴地是顾不上问的。

二十多年过去，依稀还记得这件事情，只是忘记了那桶誊写油墨最后怎么处理了。至于那本《山水画技法》我也送给了一个朋友，但愿在他身上不要发生类似的事情。

柳先生至再加以意影上加中如子足以滤酒漉正是好陈之人从旅饰及坚具使见头颇然无金鲁人而尝广以其至本上题陶令颇似郎一位高士至而这闹之一张士夫发有两股的酒是醒之麻无在中尽陶醉之甯自还来然隆之士可仰一跳了

崔海 高仕图 34cm×68cm 纸本墨笔 2013年

乱摘杂说

闲坐楼下，梧桐遮日，絮风适身，天值芒种，然酷意无丝毫，早蝉数声以扰我心。老妪闲言碎语，充其耳，无非张三李四，西长东短，柴、米、油、盐、薪水报酬为所乐道。虽多几分喧嚣却无他碍，或有几分情趣。

沏茗茶、含香烟，闲翻乱书杂卷，随文畅心，少却键户临染之累。阅至兴处，抑或圈点勾勒。见佳句誊之，读妙语记之。经、史、子、集、小报诽韵，皆倾心览觅，读史泪下，观色放情。此处无刘禹锡之雅韵，无范养民"复庵"之伤泣，不介若伯夷，不高若严光。

时想，近不惑之年，惑却多矣！观：清闲无事，坐卧随心，虽粗衣淡食，却有一番情趣。枉心机虑，绸缪缱绻，虽车马豪宅，难得半分陶醉。孰是孰非，料难通晓。

隐居不安寂寞者有之,做事又嫌烦琐者有之,此二等心肠,一般牵缠。

吴从光曰:"生平卖不尽的是痴,医不尽的是癖。"此话尽道我之痴态、癖态。绘画十数年,求雅,摒俗。视伤感而忧郁者为雅,姿媚而肆意者为俗,甚者视富贵荣华为俗人之事,誓不蜕为俗人,故不能富贵,可见之痴。吾生性癖好甚多,吃喝玩乐难舍其一。尤其曰玩儿,诏著者为"牌",无论宣枪、捻色、麻将、拱猪、升级、百分、斗地主、象棋、围棋。曰精则不以为及,曰通不为之过。十数年难半旬无此君,或饥肠辘辘,或严寒酷暑,抑或达旦通宵,乐此不疲。

近数载临染之余间或作文,彼此相生相进,绘画之趣见于文墨,文墨之理渗于画情。览法家不能从政,读儒术不通世理;唯觅道德渐知天人为一,悟金经或能见性成佛。失之?得之?然吾心快哉!

一楼的老王和四楼的老张都是"棋迷",都退休了,一天价在楼下楚河汉界地消磨着时光,就水平而言只能算是"迷"。

一日,老王喊老张下棋,老张说有事出去一下,老王无奈地等着。这一等就是半个多小时,老张回来了喊老王下棋,老王很怨恨地说你也必须等我半个小时。老张也无奈地等着。相

崔海 关良笔意 34cm×23cm 纸本墨笔 2013年

互的等待,相互的无奈。"报复"无碍乎是相互地斗"气"。斗气归斗气,棋还是要下的,须臾又是楚汉相争。

都说酒、色、财、气中最难控制的当是"气",由此可见一般。

《聊斋志异》上有个王司马,铸一大杆刀,阔盈尺,重百钧。每次到边防巡视,辄使四人扛之。私下又以桐木依样为刀,宽窄大小无异,贴以银箔,与铁铸的无二。王司马时于马上舞动。诸部落望见,无不震悚。王司马当为作秀高手。

武术界有一种功夫必须是童子才可以练的,说这种功夫叫童子功。好多武林宗师为了练好这种功夫,牺牲了自己一辈子的婚姻。

时下中国绘画也讲究"童子功",就是说学习中国绘画是没有必要学习素描色彩什么的,学了不但没有什么好处反而倒失去了中国绘画特有的"童子"功力,这话是有它的道理的。有不少例子证明学了西方绘画的画来画去画出了不伦不类的作品,好在和婚姻没有什么关系。这使我想到了骑三轮车,蹒跚学步的小孩上去就可以骑着走,而会骑自行车的大人骑起来反倒很困难,因为大人按照骑自行车的规律来掌握三轮,却难

崔海　江湖侠客图　34cm×23cm　纸本墨笔　2013年

了,可能是由于骑自行车的习惯破了骑三轮的"童子功"。不过时间长了三轮的规律还是可以掌握的。

《韩非子》上说:伯乐教其所憎者相千里马,教其所爱者相驽马。看来伯乐不仅善相马,更善带学生。学生和老师的关系是有远近的,对不喜欢的学生看似很器重:相千里马吧!相千里马的手艺倒是学了,可能一辈子也遇不上千里马,只落得个英雄无用武之地。反之,喜欢的学生你就相普通马吧,普通马可以常见,倒有许多机会。

一个普通人在大众的心目中没有了地位,就很难混,何况是皇上。纣王的力气比"力拔山兮气盖世"的项羽还要大,我们只知道他把力气用在了酒池和肉林上;隋炀帝有很好的文才,写过不少好诗像什么:寒鸦飞数点,流水绕孤村。斜阳欲落处,一望黯销魂。可惜让大运河给吞没了,弄了个欺娘戏妹的骂名。假如我们把李煜和赵佶当成文学家和画家来看,我们应该为他们做出的成绩而骄傲,他们把"副业"干好了,"主业"倒没有干好。"作个才子真绝代,可怜薄命作君王。"皇帝当得窝囊了点儿。不管怎样他们自己或许很开心,只是可惜生在帝王家而已。

几千年前的哲人如老子、孔子、苏格拉底比我们去的地方少多了,也不会有万卷书让他们看,更别说走万里路,算坐在"井"里观天,他们不知道怎么会有那么多的好见解。轮到今天的我们坐在飞机上,翱翔在广阔的天空,有无限的网络,浩如烟海的书籍,可不小心总会掉在井里,好奇怪。

三人以上方为众。我的办公室恰有三人,小杜、明明和我。靠一饮水机解渴,其机分制冷、制热两个开关。至夏,酷暑难耐,我喜欢喝凉水,解暑;明明一年四季喜欢喝热水,天虽大热仍冒汗饮之,齐身淋漓,不觉其热;然小杜觉得凉水激牙,热水烫嘴,故先接凉水,后接热水,以成温水,方能入口。嗨,仅三人竟如此难调,况偌大世界。

《菜根谭》上说:"天地有万古,此身不再得;人士只百年,此日最易过。幸生期间者,不可不知有生之乐,亦不可不怀虚生之忧。"

行百里者,半于九十。

生活有时候应该多一些诗意,有了诗意也就有了趣味。改革几十年,20世纪80年代是有诗意、有理想的年代,虽然人们不怎么富裕，好像也没有那么多奢求。现在多了一些忙于追逐世俗的成功人士、财富英雄。物质满足了，精神好像少了些什么。随之，感觉不幸福了，恐慌了。问他：何事惊慌？又说不清楚。

神而八经的人或许比深谙世事的人更让人喜欢。

20世纪初，美国的赛珍珠来中国有两个事搞不清楚，一是：生活物质并不富裕人们却很知足。二是：生活中不太卫生还那么健康。老赛你看到现在的中国会说什么？

艺术的个性肯定不是艺术的另类。

一个好的机会，不仅要抓住更要谨慎。就如同来了好牌，好好打、不要贪，若贪很可能出意外，好机会变成了坏机会。俗话说：赢是牌好，输也是因为牌好。

一个官员有一些灰色收入，不失为一个好人，不讨厌。讨厌的是：失去了做人的底线不仅贪婪，还做坏事，修建垃圾工程、破坏历史古迹……

无论什么制度什么国家，都是让人民搞好吃喝玩乐的事。所以，吃喝玩乐中没有堕落，每一次社会的进步都是为了满足人们的那么点欲望。尤其玩儿，玩儿好不容易。

艺术让别人有一些小小的感动和认可或许还比较简单，如同一个厨师，对于一个爱吃酸的顾客多放点醋，爱吃甜的顾客多放点糖。最难的是让自己感动，当你发现放醋和放糖都是表面现象时。

一幅好的作品肯定是在立意、构思和技法的表现形式上都是比较讲究和完美的。反之，又没有标准。原因是艺术是没有标准答案的，如果对艺术的评估是以试卷的形式判断，那它就不是艺术了。

人的精力是有限的却又是无限的。有的人精力比较旺盛，从事很多事情，每个事情还都干得很好。可有的人每天无所事事，叫他做什么事情都做不好，两者未必是能力的不同。一个学生天天写作业写到两点成绩也未必好，一个工人一天到晚起早贪黑忙活了一年也没什么业绩，还经常挨领导的训斥。这说明学习和工作都是有方法的，也可以叫作科学的方法。

崔海　石鼠图　23cm×34cm　纸本墨笔　2014年

孔子讲,有学而知之者。学而知之者和困而知之者,我觉得越是聪明的人越下苦功夫,就如同一只翱翔的大雁一样,它之所以能一日千里,就因为它有高超的飞行技巧和耐以持久的飞行力量。技巧就是聪明,力量就是坚持。至于合理化利用自己的精力,首先要合理化安排自己的时间。

中国有释、道、儒。佛家的最高境界是自在随机,儒家讲明心见性,道家说天人合一。他们又有什么区别呢?

传统的书信和古朴的图书逐渐在社会当中缩水,随之取而代之的是先进的信息技术和电子技术。这些东西确实给我们带来了很多的便利,但是传统的也不会消失。比如说一些重要的文件和重要的信息还是要靠纸制品来传达,很多人还是喜欢沏一杯茶在惬意的阳光下拿本杂志拿份报,电视、电话会永远不能代替现场会。

我经常怀疑自己是不是与现代化有些隔膜,不喜欢用时尚的手机、喝花哨的饮料,不喜欢钢筋水泥的丛林、汽车的喧嚣、雾霾的天空、交通的拥堵、节奏的紧张……有这样想法的人或许越来越多。

邻居养了俩蝈蝈,平时喂胡萝卜、丝瓜花、倭瓜花。"喂白菜叶多好。""不敢喂,净农药,一喂就死。"今日若白石老人画白菜也许就不著蝈蝈了。

搞不清楚的事有结果,搞清楚的事同样有结果。

李白、苏轼他们晚上不能看电视不能上网所以才有了"起舞弄清影"才有了"明月几时有"。

知识分子忧国、忧民什么都忧,看看书、喝喝茶或许是解药,可以暂时休息一下,治疗他们的忧愁。

好的艺术是艺术家用心灵说明问题。

80年代美术馆搞油画人体展,售票处外排起长龙,原来是为了看人体;如今,这个收藏那个拍卖,原来是为了金钱。历史用不同的方式在重复。

历史上的大师好多都是手艺人,吴道子、阎立本、米开朗琪罗、拉斐尔……手艺做好了固然就是艺术。

崔海　枯竹图　34cm×23cm　纸本墨笔　2013年

因为笔墨的缺失我们强调笔墨，因为道德的缺失我们强调道德。

在西方吃饭最贵的地方不是西餐厅，也不是中国人开的中餐馆，而是西方人开的中餐馆。

身边的一帮人，在谈养生补药什么的，地里的一帮人又忙着施化肥、打农药什么的。

徐悲鸿画马在结构上比赵孟𫖯的马准确，但徐画的马就是马而已，缺少趣味。可赵画的马虽然不注意解剖学什么的，但他更接近艺术。同时代的蒋兆和与关良相比也是如此，后者更接近艺术。

上学时总觉得又黑又丑的东西才不俗气，才有艺术的追求，所以经常画一些苦大仇深的题，像张大千之流的根本看不上，后来发现画好看了不是件容易事。

醒来不知身是客，酒店和酒店所在的城市基本一个样。

过去的歌伎是下过很多功夫的，琴棋书画什么都懂，要雅有雅，要俗有俗，柳如是、崔涓搁置现在不知比大学里的教授专家强多少倍。

大谈学术之人基本属于不学无术之人。

艺术来源于生活，还要高于生活。实践证明艺术根本就没有高过生活的时候。

自己还没有捅破窗户纸的时候，别人已经把窗户框都卸了。幽居不如闲居，闲居不如乐居。

女：什么样男人是好男人？
男：这要看你的期待。手中拿的什么东西？
女：法器（一个用布做的小人）。
男：何用？
女：防小三的！
男：心理安慰而已，即便管用也要会恰当地使用，不然的话就如同孙悟空拿着铁扇公主的芭蕉扇，火越煽越大。更有意思的是再把自己煽成了小三。
女：照你说还不敢用了。
男：最好的防守也许就是进攻，和踢球差不多。
女：相信有真的爱情吗？
男：当然，书上不是说有情人千里能共婵娟吗。

女：从小就被书上的好多故事给骗了，什么牛郎、什么董永，生活当中根本就没有，有也是李甲、陈世美之流。

男：文学作品是不太靠谱，太夸张。

女：也不知有多少姐妹上当受骗。

男：生活中即便有，你喜欢放牛的、浇地的吗？可能你还是喜欢奔驰LV什么的。

女：也不是，没有你想的那么世俗。

男：不是简单的世俗，而是把人应该有的情调变得世故了，七夕节、情人节、圣诞节多浪漫，几乎慢慢地都被黄金白银给充斥了。

女：偏见，其实女人自古就是有情有义，就连烟花中人也不例外，像什么崔涓、李香君、杜十娘……

男：也许有，但总的说是婊子无情戏子无义。

女：柳如是不是比钱谦益还义吗？色艺双绝，一代才女，不能那么绝对。

男：过去的青楼女子，还真是有那么点儿气节，卖艺不卖身。因为她们是有的艺可卖，什么琴棋书画都会玩儿，是有过学习和训练的。搁到现在什么都不会，没的可卖，只能是卖身不卖艺了。

女：什么艺什么身的，似乎没有明确的界限。现今生活的男女出轨问题如果按照交通违章来要求,约会一分,调情二分,上床直接十二分,估计很多人是禁不住罚的。

男:《交通法》就有问题,轮到这上面更说不明白。

女:……

(未结束)

崔海　秋虫图　34cm×23cm　纸本墨笔　2014年

崔海　夜读图　34cm×23cm　纸本设色　2014年

写与读

多年以来，一直羡慕那些一目十行，过目不忘，提笔便文思泉涌的人，想来是有些许历史情节的，还记得上初中时老师要求背诵的《曹刿论战》，仅仅是篇短短的古文，人家一节自习课就背下来了，自己却半天都不行。到了放学，同学们都赶着回家，只有我被老师留下来。上作文课无论是记叙文还是什么文，都有字数要求，一般是五百字左右，自己刚写到五十，蓄势待发的泉眼便枯竭了，剩下的基本就是胡诌。我真气愤那些写着写着连五百格子都不够用的人，再找老师要张作文纸更是个遥不可及的梦。老师还经常会跟我们说，在写作中要用一些比喻、拟人、夸张什么的修辞手法，于是在一次描写雨景的作文里，我为了夸大一下雨下得狂，写道："天空中突然打了一个霹雷，雨点掉在地上像茶碗一样大。"老师看后说："夸张是用了，就是有点儿不靠谱！"搞得同学们哄堂大笑。

我开始怀疑自己是不是在资禀上有问题，同样的事为何自己却做不好？后来一看苏秦、车胤、孙康……他们的故事，又涌上来二百五精神，可能还是自己不够刻苦吧，向古人学。又听爱迪生说："天才是百分之一的灵感，加上百分之九十九的汗水。"一想自己从来没有成功，可能差的就是那个百分之一，可众人所不知的是后一句他还说了"百分之一往往比那百分之九十九更重要得多"。算是给自己的慰藉也好，托词也罢，扔掉后一句的我总算有了坚持。听人说读书可以不求甚解，算给我的过目就忘找了个理论根据，写文章有事则长无事则短，有了努力写下去的信心。

读书破万卷，下笔如有神，这么多年别说万卷，百卷都没有。无论什么书想起来就随手翻翻，没有什么目的性，更不及孔子三日不读就有食之无味之感。自己的书房其实就是厕所和床头，在厕所算是"厕蓾"；床头上书本比安眠药还好用，几分钟就鼾声大起。以致今日不能落笔千言。

有时我甚至疑惑，身为画画人的我们，算是手艺人，为何会热衷于写文章？是文人诗书画传统的延续，附庸风雅的小怪癖，给绘画的注脚，还是给我们自己的注脚，不清楚。细想，现如今这忙碌的时代，能够有一些小小的爱好，哪怕喝杯茶、看看闲书，或是把在书上看到和身边发生的事情记录下来，也如同打麻将、旅游什么的一样，总归是好的。

古人云：寻忙碌易，守安闲难。人一天价忙来忙去的倒不觉什么，你要真没什么事情可做，反觉得无聊，甚至无事生非。写作是需要孤独的，因为它需要思考，也需要"如切如磋，如琢如磨"。可相反，现代人害怕孤独，害怕寂寞，也许古人的孤独是不得已，那时没有电话，没有网络。现在想去哪儿就去哪儿，想怎么联系就怎么联系，时代已然变了。与此同时，人的生活方式也在变化着，离不开没有电话、网络的日子，可一年都不曾读过一本书的却大有人在。《新华字典》《现代汉语词典》基本不用，手机就是百科全书。即便是有闲情、有逸致地买本杂志，也只是看看标题而已。纸质品或许已经到日落西山的时候了，大多新华书店都转租给了手机运营商，这是谁也左右不了的事。

写从来都是与读相连的，陈继儒说："闭门即是深山，读书随处净土。"可见读书本身就有一种境界。读书自古以来是件严肃的事，老辈人或多或少带着些对书的敬意，读书前要先洗洗手，净几平心，读到感慨时会替古人担忧，或喜笑颜开，或心烦意乱，全融入书中。读《汉书》可以下酒，这里不仅有文笔的精彩，内容的曲折，更重要的还有读者的认知与共鸣。

过去的读书人对于自己用过的文房是不会轻易丢掉的。智永为自己废弃的毛笔建了一个"笔冢",这里是对笔的尊重,也是自我精神的追思。新中国成立前,敬惜字纸的传统还保留着,不识字的仆役却珍惜地将废纸收拢焚毁,显着宗教般的神圣。新中国成立了,一个新的世界诞生了。到了"文革"时,老百姓最常见的书写形式就要算大字报了,即便看书也是选集和指示什么的。唐朝的武则天搞了一块"无字碑",当时有人交了一张"白卷",还造就了一个"英雄"。

没有文化做支撑的民族必然是一个野蛮的民族,文字未必神通天地,但却是驾驭人间的灵药。一字如宫门,九牛曳不出。曹操不畏惧敌人的千军万马,却很头疼陈琳的一篇檄文。

有道是"书中自有颜如玉,书中自有黄金屋",好文章可以换来金钱爱情,人世间的俗事靠读书都可以摆平。古人说"万般皆下品,唯有读书高","士农工商"里首先是读书人,再有钱你也要尊重知识,也图有个功名,所以无论穷富子弟都想通过取仕得个功名。

翻看典籍,敬佩祖先的文字优雅精炼,几十页的一本书便是作者一生的心血。古文观止,高山仰止,相比之下,现在的文字已经堕落成了高糖饮料,喝着虽甜,却无益于身。几日便做成厚厚一书,文章却不字字珠玑,还有几人肯费一辈子打磨

崔海　书法　8cm×21cm　纸本墨笔　2014年

一本小册子？不是谈什么成功，就是说什么立志，或什么秘籍。扫黄打非部门实应该加以监察和管理，因为这些东西比黄色书刊还要危害社会。

我们的知识大部分来源于老师：传道、授业、解惑，而格物、致知、诚意、正心、修身、齐家、治国、平天下正是儒家学派倡导的人生目标。历史上讲天地君亲师，把老师称为"先生"，因为先生是受人尊敬的，是主公道的，更是讲诚信、有品德的，所以周边有个大事小情也都要由先生出面。

文字学家们讲究咬文嚼字，锱铢必较。禅宗中有焚膏继晷的和尚，"不立文字"，觉得所有的文字表述都会偏离事物的本身。

每日"见书"，不敢说读书，深知自己不是读书人，惭愧得紧！可还是忍不住不停地买书，将家里的书橱堆得满满的。令人汗颜的是，我不仅不能倒背如流，而且甚至都不能保证一一翻过。许多书在书橱里仅仅是摆设，算是装饰的一部分。有点儿像刚上学的小学生，脖子上挂了一个家长给的家门钥匙，总觉得太少，所以把用的不用的钥匙都拴在了一起，绳子勒得孩子的脖子发红，这么多年积攒的图书把我的书橱压得像一个挂着一大串钥匙的孩子。

走进书店，我亦是心生敬畏这里有星级酒店的气派，浩如烟海般的书籍。就如同一个从没有下过饭店的人，见到如此豪华的场所和五花八门的菜谱，真有些手足无措，可去多了才发现净是唬人的东西，这里的厨师基本出自一个烹饪学校，做出菜来全一个味儿！

没给孩子做好榜样，惭愧！犬子顽劣，如我幼时一般懒于勤读苦练。唯喜倒能读书，过后一问，尚可记些有意趣之段落，让人惊奇。不过，对于玩的兴趣远大于读书十倍。不能责怪孩子贪玩儿，玩儿是人的本性，但不能不好好读书，在人生应该努力学习的阶段，就应该做好学习的事情。这个时代诱惑太多，千万种游戏玩乐要把你从书桌前揪开，我们小时候不过是弹弓子、火柴手枪，尚且玩起来不知疲倦，要改到今天，自己也会迷于游戏？也不爱读书？不好说！

读书无用，写字画画其实也都无用。由于此，不禁想到了庄子的有无哲学：有用其实无用，无用才是有用。当我们把读读写写画画都变成无用之时，读书写字画画便成了真正有意义的事情。

崔海 临宋人泼墨仙人图 34cm×23cm 纸本墨笔 2013年

说"闲"

无端想起《红楼梦》里贾芸偶见宝玉时宝玉正在马上,说"这会子我不得闲"。他也不得闲,真是天下罕事,园子里的姑娘们人人知道他是"无事忙",说他是天下第一闲人,家里的正事是指望不上他的。

没几个人有宝玉那样的境遇,怕也没几个人能有他那样的境界。忙,似乎每个人都在忙。不知何时,"忙着呢?"已经代替"吃了吗?"成为中国人的新问候语。

总说自己忙的人近乎自夸——那似乎是绕着弯子在说自己比谁都重要,所有的事情都有赖于救世主般的你。还有一种可能,就是你不够重要,左右不了自己,被迫忙得团团转。

放开"人事"不说,且先看看动物界。若论勤劳忙碌,总会想起蚂蚁蜜蜂;若论懒惰,饥吃饱睡的猪是也。不过据我的观察,猪一辈子生活的空间虽不过是猪圈那点地儿,但奔到猪槽的那三五步它从来都是一路小跑,顺带着吱吱嗷嗷地叫着;吃食时,肥脑袋上的大耳朵扑棱来扑棱去,嘴巴也吧嗒吧嗒地没个清净。若论安闲,倒是不如犁了一天地的牛。虽然"耕得千亩",日日辛劳,却步态安然,即使吃东西也安安静静地慢慢消磨,那咀嚼的仪态近乎高贵。

"闲",倒也不是什么都不做,应当是种安然的态度罢了。

据《说文》中说,闲,"从门中有木",本意是栅栏,是指养牛养马的圈。后来,由牛马圈引申为"一定的范围"《论语》里就说"大德不逾闲,小德出入可",君子当顾全大局,小节上是可以灵活些的。然而有法有节,才能安闲,这不由让人想到孟德斯鸠说的"没有绝对的自由",自由建立在受约束的基础上。闲也建立在并不悠闲的基础上,人很容易陷入无度,臣子的无度让君王不安;君王的无度让臣民不宁,不安的人日日心焦,如坐针毡,如蚂蚁处热锅,何谈"闲"?君臣各行其道,有度自节,则各安其事。"闲"之与栏杆、与法度的关系,自有它的道理。

《春秋繁露》里有"故君子闲欲止恶以平意,平意以静神,静神以养气"句,闲,乃是要防闲之意。《尚书·毕命》中亦云"虽收放心,闲之惟艰"。陶渊明《闲情赋》云,"始则荡以思虑,而终归闲正",闲情又当正情讲,情已流荡,当抑制以归正。

我们这代人,自小就没受过"闲"的教育。童年的记忆中母亲永远是忙碌的,忙着加班,忙着养家糊口,起早贪黑。一切的忙碌皆出于生活的压力,只图有一个安闲的日子,她也很为这个理想忙得开心。一晃数十年轮到了自己,虽然还有那么点儿不为五斗米折腰的精神,或许也还得要养家糊口。买车、买房什么的,逐渐都有了,还是无序地忙前忙后。回想自己喜欢吃的还是粗茶淡饭,还是漫步街头,感慨是不是太贪婪。不由想起那个著名的故事:海边晒太阳的富翁和捕鱼的渔夫,富翁认为应当靠奋斗换来今天的悠闲,而渔夫却认为自己已经在悠闲中了。生活就是这样,转来转去又回到了起点。二者或许都有社会的道理。佛家讲:人要有戒,戒色、戒欲。可佛家又谈到了戒无欲,什么都不想,觉得什么都没意思,那可能就真没意思了。

人生能有几日闲!不知有多少具有骚情的人发出了这样的感慨,更有"安得浮生半日闲"的咏叹。"闲"好像是一个特别难做到的事情。我想有这样想法的人基本要建立在忙的基础之上,他们是在表白自己的价值而已。就如同感慨饭局多的领导真要是没有了那么多的应酬和饭局,说明他没有了权力,也就不好意思感慨万千了，就真成了闲人，这恐怕并不是他的理想。

古人云：寻忙碌易，守安闲难。一天价忙忙碌碌的倒觉得比较快；没什么事东晃西晃的反觉得没有意思，还可能无事生非。

"闲"应该是安闲的心态闲适，是一种假借于物而脱于形实现的灵魂体验。吕尚垂钓、诸葛亮躬耕陇亩是身体的闲，内心并没有闲，有些无事生非的感觉。

自古中国的文化就是闲文化，养个蛐蛐，戴个扳指，李渔还写了篇《闲情偶寄》，算是"闲"的集萃，并不厚的一本书，装下的也只是几千年中国人深不见底的玄思妙想中的一小部分。几千年来的精致，渗透在生活的每一项，细细地品味，深深地享受，"闲"，何尝不是一种美呢。今天的我们，除了让自己劳碌的身体安闲下来休息休息之外，是不是能让心灵复归平静，在有节的秩序中找到一种平静美好的状态，创造一点新的精致。

闲着看日光一寸寸染上青苔，心里的安闲适意是无可比拟的快乐。不要推说人生忙碌，又有谁是真的忙碌呢。正因人生苦短，才要享受安闲。李涉诗云："终日昏昏醉梦间，忽闻春尽强登山。因过竹院逢僧话，又得浮生半日闲。"回首云外青山，芸芸众生，无尽鸿蒙，又有谁知道，哪一个是闲人，哪一个又不是闲人。

崔海 青蛙图 34cm×23cm 纸本墨笔 2013年

是搞定艺术还是被艺术搞定
——崔海访谈

1. 您的画大多取材于太行山,画中常可以看见当地的民居——您很喜欢传统民居吧,现在很多有特色的民居逐渐在消失,您觉得可惜吗?

崔海:当然很遗憾了。前几年去过的村子满眼都是木质结构用石头和土坯砌成的老房子,最近去了一次,好多已经不存在,变成了用红砖砌成的板楼,外面还贴上了白花花的瓷砖,怎么看怎么不舒服。可是居住在里面的农民会很有成就感——自己住上了宽敞明亮的大房子,比以前的条件好多了,直让那些依然住在旧房了里的人们很眼热。有时我也想,一个几百年甚至上千年的村子,可能再过十年二十年就没有了原来的面貌,基本要拆光了。但回头又一想,那些潮湿、阴冷、狭小的住了几百年的老房,显然已不再适合人居住,我们作为一个观赏者，目光寻找的是一种趣味，但作为一个当地的居住者，他更重视实用价值，不可能长年累月地就等待着你去看。所以说，他们有钱了之后就是要拆。就现在而言，一些老房子里，居住的都是老人或经济条件比较差的人，老人没了，房子自然失去了它存在的价值，年轻一代就要把它拆掉。

我觉得现在存在的问题不是拆不拆，而是我们拆了就盖不好。过去的房子之所以看着好，是因为它是几辈人的心血和许多个工匠努力的结晶，可我们现在盖一座房子，头天晚上决定，第二天买砖，第三天砌砖，第四天刷灰……过上个十天半月瓷砖往墙上一贴，基本上就竣工了。他不考虑与周边环境协调不协调，更不在意设计得讲究不讲究，它只是一种快速的居住消费。乐山大佛，工期历时九十年，几代官员，几代工匠……这种几十年甚至上百年的工程在以往很多见，可我们现在呢？别说十年二十年，三年五年都觉得长。因为现在人们比任何时代都清楚，时间就是金钱。这可能和我们的生活观念有关系，我们要的不是讲究，而是消费。

2. 那有什么好的办法可以两全其美吗？

崔海：盲目地开发其实就是毁灭，比如说有些地方的河流很美，当地就建一堆高档宾馆，把流动的河水截住造个大池子让大家钓鱼、漂流什么的,其实挺破坏生态环境的,吸引游客的景致也不存在了。我觉得有几种办法可以考虑,第一,我们不应该把每一座民居都看成是古董,谁也不敢摸不敢动,要是还有人住,政府可以每年补偿一些维修经费;第二,原建筑假如影响到一些必须开发的项目可以组织异地搬迁,这可以是私人做,也可以是国家做;第三,可以参考教育行业所进行的一对一或一对几的扶贫模式,在尊重原有古民居产权的基础上,以投资的方式倾注他人的金钱和情感,关键是看人们有没有想去认认真真地把它当成一件事去做。比如说投资者,首先应该把这件事看成是公益事业,政府出台一些鼓励政策,归根结底还是价值取向问题。

3. 这种畸形观念,跟整体文化水平是不是有关系,或者说跟教育有关系?

崔海:教育问题肯定是面临的最大问题。在山区有很多家庭还在贫困线上,很多家庭的年收入都在千元之内,一百元面钞他们是不轻易破开花的,因为觉得破开之后会花得很快,一个五口之家,一个月的生活开支有时是几十块钱。一个小姑娘在离村十几里路的乡里上初中,一周回家一次,她都舍不得坐顺路的班车,因为班车要花一块钱,她要省这一块钱。对于城吾爱孟夫子,风流天下闻。红颜弃轩冕,白首卧松云。醉月频中圣,迷花不事君。高山安可仰,徒此揖清芬。

崔海 书法 34cm×23cm 纸本墨笔 2013年

里的孩子可能都不愿意吃一块钱的冰棍，差距很大！至于让孩子上大学交学费，肯定更是一个大问题。恰恰是教育的落后造成观念的落后，为儿子结婚花两万三万都舍得，可为姑娘上学花几千都是问题。可见，生存问题才是大问题，传宗接代才是大问题。

4. 但总体说来，现在人们都比较重视对于下一代的教育，可应该怎样教育，大家莫衷一是，您怎么看？

崔海：我觉得还是应该要有一种自由和约束相统一的教育。现在的教育不仅是教育本身的问题，还有太注意教育的实用性的问题。过去讲"十年树木，百年树人"，它体现了教育的长期性，而现在的目标就是把孩子教育成紧俏商品，你需要什么我就生产什么。商品代表社会需求，但是教育不能把自己归纳为商品。冬天卖电暖气，夏天就卖空调，教育的眼光应该放长远。

我们经常笑谈清朝的取士、就业方式，学子们十年寒窗，翻来覆去地誊抄、背诵八股文，现在我们的学生不也如此吗?! 一个小学生，就开始天天晚上写作业，找家教，星期天还要上这个班那个班，快乐的童年被这些无奈的学习所代替。再有，家长不管采用什么样的方式，都是一心为孩子将来有一

崔海 兰石图 34cm×23cm 纸本墨笔 2014年

个好的前程，也就是上一个好的大学，找一个好的工作，因为这些都是要靠考试成绩说话的。从小学开始家长就为孩子择校，本来是九年义务教育，这么一来收转校费、择校费的中小学不在少数，无形中，给社会增添了就学困难，学校也给家长增添了经济负担。现在如果把应试教育取消，拿什么来决定录用又不太好说。在一个很注重人际关系环境中，这也许是唯一公平的手段，不管它有多少弊端，真要是不看硬成绩，搞什么素质，玩儿软的，可能会有更多的不合理。假设老师、校长的签字或者别的条件起到决定性作用，那么想摆平老师和校长的手段会很多。可见，寻找两全之策，还需要一个漫长的过程。

至于对孩子的教育，首先是关注孩子的兴趣。什么叫孩子的兴趣？有些兴趣是孩子天生的，比如：喝甜的、吃香的、玩电脑……为什么？一个是口感孩子喜欢，一个是适合孩子的心态。玩电脑玩到比尔·盖茨，那也不错，但毕竟这是少数的，孩子都需要后天的教育。比如说弹琴，他开始可能不愿意弹，没兴趣，但慢慢地会弹个曲子了，就有兴趣了。教育是一种提示引导和鼓励。让孩子唱歌，当孩子在你的引导下会唱了，别人也赞赏他，他会很有成功感，旁边的人的态度会对他产生影响。教育不是老师一个人教，周边的环境会对他有影响，但环境又不是绝对的——两口子都是知识分子，孩子却成浪荡公子;两口子卖菜的,孩子倒上清华、北大。生长在土地肥沃、水源丰富地方的种子,结出硕大果实的几率比较大,但并不意味着这片地里的种子都能结出果实来。

教育应该有两个层面——教和育,教就是给他一定的知识,育则应该是顺应他的个性、赋予他一种自我成长的能力,现在太注意教,而不注意育。上例的知识分子可能只注意了教,而卖菜的却恰恰是在育,所以结果就不一样了。

5. 中国绘画非常注重历史的传承,这是不是束缚了中国绘画的发展?有些人在喊"保住中国绘画传统的底线!"有些人却说"E时代了还守着那些老古董"。究竟要传统还是要现代?

崔海:从中国画产生到有了比较完善的绘画语言,以至有了比较系统的游戏规则,传统和现代就成为孪生姐妹了。我们可以往上看一看,隋唐的绘画,发展到五代、北宋,一直到南宋、元朝以至明、清,每个朝代的笔墨表现形式,基本上是有同有异,是为"通变"。这就如同佛家讲的"相继相续""非断非常"。每个时期中国特有的文化气质没有变,可每个时期又有新的事物、新的现象。

中国画非常强调传承,也就是说无论表现题材和艺术语

顔太师鲁公刻姓名於石或玫高山之上或沉之大洲之底而云安知不有陵谷之变耶録唐人句千厫园主人崔海

崔海 书法 34cm×23cm 纸本墨笔 2013年

言，一个时代同另一个时代有什么样的差异，但这种差异又是延续的。拿赵孟頫来说，他画的马基本上取法于韩干和曹霸，但又不同于韩干和曹霸。到了董其昌更是从"变古"中求趣味，他认为：一切技法都来自古人，贵在学古而能变。你说他泥古吧，他还能变，可能这就是中国画的那点意思。

现在常提的一种口号是："正本清源"。什么是本？什么是源？不好说清楚，基本上都认可宋、元，又言之："直逼宋元"。为什么要"直逼宋元"？我觉得在宋元时期，人们对绘画这种游戏的把握，一是比较纯粹的，二是比较唯美的。纯粹说明了高度，唯美体现了境界。他们用毛笔诠释着对于儒、释、道的思想感受，更不乏讴歌自然，抒发感情。

由于中国绘画特有材质：毛笔、墨、宣纸，决定了中国画的形式语言和形式法则，可以说这两个时代的画家在中国画的历程中形成了独特风貌，也构建了完整的艺术美学。到后来的画家，无论是写意的，还是工笔的，虽然在某些地方超越了宋元时期的审美空间，但基本上都沿袭了其中的笔墨情趣。

传统我觉得不要简单否定，它给我们搭起了这么高的平台，你为什么还要从平地上干起呢。反之，也不要盲目地崇拜，平台是有了，你老在这个台子上舞啊跳啊的，备不住会影响你的活动空间。

6. 那就是说中国画最灿烂的时期已经过去了，将来它也不可能出现了？

崔海：我们现在好多人讲中国画走向穷途末路了，它的发展空间小了。我觉得任何一件事物有极致就有消亡，但消亡之后又会再生，对中国画悲观意识的产生，是一种正常的忧天现象。像李元霸这样的英雄，双臂有千斤之力，我们现在的人肯定没有了。过去有千里马，日行千里，夜走八百，现在有没有？也没有了。我觉得李元霸双臂有千斤力气一是天生的，二是练出来的，现在没人练了，但我们有起重机，岂止千斤。现在没有千里马，一是没了驯千里马的驯马师，二是千里马失去了特定的价值，但我们有造汽车的师傅，造的汽车一天可以跑几千里。这说明人的智慧是在发展的。一种文化现象，它可能在某一时期会减弱，但是它不像动植物似的完全消亡。假如消亡也是有原因的，比如：过去某个朝代的某种文字和习俗的不复存在，那是因为那个朝代不存在了。

其实，在中国画的发展历程中，每个时期都有过危机感。比如清朝的"四王"、吴、恽，他们"师古人""袭宋元"，基本都是保守派的代表人物，我们现在看在当时就是一种危机。可当时也有一帮不完全按照传统出牌的艺术群体和艺术个人，他们"师造化""师自然"，像：扬州八怪、八大、石涛这些人不按套路出牌，出奇牌，回头看他们才是真正的艺术实践者，让清代的绘画光彩了，并对于中国画的发展，着实写了一笔。现代社会中，也有一些瞎出牌、出奇牌的，至于出得好坏还要等待时间的考验。

不过有一点不能否认，现代社会，绘画很大程度上已经失去了它在历史上的特有社会价值。像过去李后主让顾闳中以间谍的身份去了解韩熙载的生活状况，回来画了一幅画，应该说这幅作品对于韩熙载的叙述，胜于几万字的书面报告。还比如：《清明上河图》，对于当时社会风情的描写，是多少语言也记录不下来的，这就是绘画的社会功能。这种功能是其他东西不可替代的，有很大的社会作用。即便是当时的一些宫廷里的山水花鸟画家，也是画些山山水水花花鸟鸟的，供达官显贵们在家里把玩。也许，因为过去交通不方便，去不了很多地方，有些美丽的山川借画家的手让他们足不出户就可以观赏，这体现了在特定的历史环境下，画家所特有的一些社会价值。到后来参与绘画这种游戏的，不仅仅是专业画家群体，而且还有文人骚客、王公贵族，甚至皇帝，由于他们的参与，大大地扩展了这个艺术群体的社会力量。因为过去专业画家所描绘的题材，是具有针对性和目的性的，而后者只把它作为一种游乐方式来抒发自己的襟怀，陶冶自己的情趣，随心所欲，想怎么玩

崔海 猫图 34cm×23cm 纸本墨笔 2014年

就怎么玩。画一幅画，就如同下一盘棋，弹一首曲子，这大大地丰富了中国绘画的多重性，提高了中国画语言的文化格调。

我们担心，中国画在现代社会中，无立足之地以至于走向消亡，不是没有可能，但是可能性很小，随着社会的发展，现在喜欢艺术的人，不知要比前几十年多多少倍，阶层越加丰富，基本是涉及每个行业。有些非物质文化遗产面临消亡，那是因为参与的人少了，事实证明现在参与绘画的比任何一个朝代参与的人都要多，它会消亡吗？我觉得不会。

7. 那您的态度就是比较乐观了？

崔海：那倒不是。第一就是刚才说的，它基本上失去了社会生活中的直接需要性；第二，就中国画本身发展的问题，它的创造性一定要和时代性贯通，以至发挥自己的艺术生命力。昔日徐渭、八大的作品就是如此。假如简单地重复和照搬，画家虽然活着但他的艺术创造已经死了，很没意思！

8. 前面你说到"师古人、师造化、师自然"，您是不是更注重后者？

崔海：应该是。我经常去山中写生，我觉得自然赋予我们的更直接、更亲切、更生动，中国画中的很多经验和技法，大多是画家从第一线中观察出来的。古人十日画一山，五日画一水，表明他们很注意观察生活。什么披麻皴、解索皴、斧劈皴、折带描、游丝描……哪个不是画家在生活中总结出来的。

9. 西方的价值观和艺术观是否会影响国画家的创作？

崔海：对于西方的价值观问题，我觉得艺术的创作肯定不是封闭的，应该博采众家、吸纳东西，好的东西都应该学习，学习也是一个认识的过程，什么是你需要的，什么是好的，这很锻炼你的眼力。

西方的价值观和艺术观，一定阶段肯定对于我们的创作有干扰，但不是影响。加州牛肉面在一个时期内说是把兰州拉面、山西刀削面、陕西臊子面……给顶了，顶了吗，没有，应该是各有千秋。绘画也是如此，刚开始我们觉得西方的东西很新鲜，但回头望望中国的文化是那么的博大精深，一点也不逊色。

10. 您如何看待传统和现代的问题？也就是说传统是不是代表着保守，而现代代表着进步和时尚？

崔海：对于艺术我不太关注它是否传统、是否现代，我只关注它的好与坏，高与低。

11. 运动员总在尝试超越前人的纪录，科学家也在试着攻破前人解决不了的难题，那艺术呢，艺术还可以超越前代吗？

崔海：运动员、科学家、艺术家在一起不好比较。运动员过去百米跑十一秒，现在跑九秒二三，前人的纪录就被打破了；过去我们看黑白电视，现在看彩色的，而且还是数字的，说明科学发展了，后人也超越了前人。艺术就不好说，画画的过去画五米长卷，现在画百米长卷，只是用纸比过去多了；搞音乐的过去没有电吉他、电贝斯，现在有了，只能说明多了一些乐器，跟音乐的发展关系并不大。

那么我们如何看待艺术的发展呢？其实我觉得每个历史时期有每个历史时期的高度，也就是每个历史时期都有自己辉煌的东西。爱因斯坦这样的科学家，乔丹那样的运动员肯定是划时代的，不会经常出现。但是，我们的科学和运动还是会不断地发展。艺术应该也是这样，西方的古典主义、浪漫主义、印象主义、抽象主义、立体主义……在艺术史上都开了无可跨越的先河，但后来还是不断地出现了达达主义、波普什么的。

中国也是如此，古人生活的那个时代的田园诗意，是我们现在不可能再去一模一样追求的，我们生活在现在。就像在市场上你很难买到不受污染的菜一样，我们也很难不受时代的影响。我们不用想超越古人，也不必想展望未来，只要做好当

崔海　水绕孤村烟火微之八　23cm×34cm　纸本墨笔　2013年

崔海　水绕孤村烟火微之二　23cm×34cm　纸本墨笔　2013年

下，这就行了。

运动员和科学家很像攀登喜马拉雅山的体育健将，谁先爬到山顶谁就是第一谁就最伟大；艺术家则好像是游历名山大川的玩家，有爬峨眉的，有爬黄山的，有爬庐山的，是不同的高度、不同的地点。所以，就不好分出一二。正可谓：文无第一，武无第二。

12. 现在有些画家的作品重复多遍，您怎么看？

崔海：有些人喜欢这样，往好里说是熟能生巧，可以把功夫练得扎实点，就像小学生做作业，$3+6=9$ 写二十遍，$89-75=14$ 抄三十遍，练熟练点儿，速度会很快；不好的地方是他恰恰忽视了艺术不是作业，它是一种创造，非要把创造的乐趣换成机械地重复这就不太好玩了，而且也会造成艺术上的懒惰。齐白石也这么干过，最多的一张画了七十多遍，不过他是为了满足买画人的要求，人家就喜欢那个题材。反正我就不愿意重复，这可能和我当过老师有关系，我在教初中的时候，一个年级八个班，每个班讲一样的内容，一个内容讲八遍，太烦！再好吃的东西，让你上顿下顿地吃，一连吃八天，也得吃烦了。我是特别不愿意重复，一样的画画第二遍我就不愿意画了。

13. 过去的读书人很讲究游学吧?

崔海:是,过去的游学应当是很宽泛的,过去的许多思想体系的建立都有赖于游学,他们把学习的课堂化为游动的。像孔子他走过很多个地方,他的很多观点就是靠游学到各个地方去感悟出来的,随之再加以传播。后来人们更讲这个,说读万卷书行万里路。读万卷书是学习的过程,行万里路不仅是学习的过程而且还是认识世界、传播知识的过程。过去就有行游僧,他去到哪里佛的精神就到哪里。过去的一些文学家,在游山玩水的同时还会写不少的游记,像什么《石钟山记》《黄鹤楼记》,至于范仲淹的"先天下之忧而忧,后天下之乐而乐"更是游历岳阳楼的结果。

从历史上看,人们思想意识形态最活跃的时候,是嘴上最敢胡说八道的时候,也是游学最兴旺的时候。像春秋战国时期,基本上没有什么体制限制,你在魏国不开心可以去赵国,赵国不开心还可以去秦国,总之,此处不留爷,自有留爷处。韩国的公子在秦国混,苏秦挂六国的相印……他们在天下纷争的情况下展示自己的魅力,实现自己的抱负,阐述自己的观点,随之而来的是诸子百家的产生。20世纪上半叶,也有类似的情况,像鲁迅、胡适、梁漱溟、熊十力、金岳霖……这些人,"志于勤,学于游",南京待几年去北京,北京待几年又去

崔海　水绕孤村烟火微之二十　23cm×34cm　纸本墨笔　2013年

天津，工作变化很大。这可能和当时的人事体系有很大关系，人才流动比较方便，不像现在调动工作不知要盖多少个章，履行多少手续，找多少关系。

环境的变迁，让人们的思想认识发生了明显的变化。过去信息比较闭塞，人们对于几百里地之外发生的事情可能几年之后才会知道。现在就不同了，好莱坞的女明星，头天晚上和某个男士约会了一把，可能第二天不知在哪张报纸上就会见到，还有网络、电视……过去说秀才不出门就知天下事，现在大字不识的老太太坐在家里看电视也会知道天下事。

14. 既然现在不出门便知天下事，那对于一个现代人来讲游学就不那么重要了？

崔海： 我们在画报上可以看到很多风景，但这种风景和真实的自然气息是不一样的。不然五一、十一的假期也不会有那么多的游客出行了。在家里看看庐山的光盘、泰山的录像，显然和融入自然的感受不一样，它只能起到画饼充饥的作用。假如你办一件事情通几次电话都办不了，见见面、吃吃饭具体地讲一讲就办了。有些地方本来有电视会议，但是还要开北戴河会议、昆明会议……各种现场会，这种直接的感受和间接的报道是不一样的。

我觉得去一个地方，见一些朋友，会增加自己不少见识，在和朋友的交往中可以激发自己很多观点。但在实际中，由于个人性情所限，我更喜欢自己在一个比较安静的地方做自己喜欢的事，比如说：打打牌、聊聊天、喝喝茶什么的。可能一切事情都会根据自己的生活状态去选择。石涛在早期也游学过，在北京也混过场子，但结果并不理想，后来又去过扬州、金陵等地，最后还是在黄山这个地方生活下来——搜尽奇峰打草稿，画了那么多动人的作品。齐白石早年也游历过好多地方，什么西安、华山、洛阳，后来好像在安徽挣了一笔钱，回到了自己的老家，刚要盖房子，当地的土匪听说齐大回来了，还带了一笔钱，就想找他，吓得齐白石离开星塘老屋躲了一阵，后来辗转去了北京，齐白石五十多岁到北京，当时他画得已经很不错了，但开始他混得还不如二三流的画家，所以他感慨地说："到京华才知道什么是江湖！"天才总归是天才，后来他在北京做大了，可以说是移居北京成就了他。也许这已经不是传统意义上的游学，但又和游学有相同的一些情节，不管是主动的还是受生活驱使的，事实证明游历的确成就了他。游学可能是其他学习补救不了的课程，我觉得还是需要的。

15. 现代社会信息过于便利，对绘画领域的审美有影响吗？

崔海：中国作为一个农耕社会，在历史上，文学艺术的观点都是在地域文化中产生的，文学艺术的风格和当地的风土人情有着密切的关系。绘画像什么吴门画派、京津画派、扬州八怪、金陵画派等等；文学上有什么新安派、桐城派等等。这些都是以地方名称命名的艺术群体，地域名称高过了作品风格的魅力。

现在信息这么发达，范宽、李唐的画册随处可见，无形中，我们会受到一种或者几种审美模式的影响。前几年，看看我们的山水画，大部分都有石涛、龚贤、弘仁的影子，现在流行黄宾虹，不知道有多少卡拉OK歌手在模仿同一首歌曲呢。由于信息过于便利，每个行当都很容易受到潮流的干扰。比方说巴黎时装节预言说今年的裤子流行喇叭腿，很快连村子里集市上卖的都是喇叭腿。所以，就不能指望现在还像过去那样，各地都有带有地方特色的服饰了，即便是有，也快是一个保留的节目了。

16. 地域文化能有这么大的作用？

崔海：中国文化的本质就是农耕文化，农耕文化的特性就是地域。

崔海　水绕孤村烟火微之二十二　23cm×34cm　纸本墨笔　2013年

17. 您很喜欢打牌，而且打得相当不错，这其中有什么诀窍吗？

崔海：我觉得打牌是很有趣味、很人性化的一个游戏。在牌场上很能展现一个人的性格。过去做生意的，在谈生意之前先要打几圈牌，以了解对方，恐怕现在也是这样。跟你混了几年的朋友，还不如在牌桌上切磋几个小时了解得深刻。再有，在牌桌上无论三教九流，地位高低，较量一番，很快就有一种成就感——在生活当中，一些事你可能摆不平他，在牌桌上可能就能把他摆平。

至于诀窍，其实还是一种心态，就好像几个剑客比武，比来比去就不是技术问题了，而是把胜负看得比较平淡的心态。没有常胜不败的将军，有很多在生活当中难以解释的问题，可能在牌上很容易解释。比方说，我大学毕业，他中专毕业，可他的工作单位比我好，工资挣得比我多，工作还比我清闲，凭什么？其实就如同两把牌，有一把牌起手特好，能吃能碰，很快就听到了三六九条，而另一把牌，起手十三不靠，乱七八糟，快抓黄了，他才听上了边七饼，但转手就自摸了，这可能就是一种运气。你大学毕业怎么了，一开始可能是一个不错的单位，可没几年单位散了，人也下岗了；而中专毕业的一开始单位一般，可能还没有找到工作，可他没有泄气，摸爬滚打了几年成功了。牌桌上流行一句话，叫作起得早不一定身体好。再有一说，前四圈坐东风，一和没有，一调到南风，就时来运转了，人生有时候就是一场赌局，无法解释得那么清。我们总说戏剧人生，一会儿王侯将相，一会儿花儿乞丐，人生没有永远的成功，打牌也没有永远都赢的，调整好心态，一切都会是享受。

18. 那老输还有意思吗？

崔海：我觉得打牌是一种刺激，太有诱惑力了。如果说给你安排加班让你干一宿，给你开两千，你还不一定愿意去，可打牌玩一通宵不一定能挣两千，没准还输五千，但人们还是会忍不住想去，这就是玩牌人的瘾。输的肯定没有赢的有意思，但玩牌在享受的同时本来就会有输赢。想一想，你请几个朋友吃顿饭、唱会儿歌，也需要消费不少钱。人家还陪着你玩，输了就算是一种消费嘛！我们总说笑对人生，用同样的心态，也应当笑对打牌。

19. 是不是每个人本性中都有这个兴趣？

崔海：其实赌博肯定是一种恶习，历史上有很多因此卖房卖地、卖儿卖妻的，但我们生活中赌的事情又何止是在牌桌

崔海　水绕孤村烟火微之二十三　23cm×34cm　纸本设色　2013年

上?你投资二百万,可能赚二百万,也可能赔一百万。你求人办事,办成的可能性很小,给了钱可能办不成,但不给钱肯定办不成,但还是要赌一把,要意思到。与桌上的赌博比,只是方式不一样,有的是直接的,有的是间接的。我觉得大凡做大生意的都有赌的心态,"富贵险中求"嘛。还是刚才那句话,重要的是心态,把心态放平和一点,做事情就比较坦然了。

20. 您爱看什么书?

崔海:比较杂,量也有限,主要是一些历史、文学什么的,还有一些杂志。更侧重古代的,现在的小说偶尔也看,基本上都是瞎翻,翻着翻着也就没什么意思了。

21. 不过,还是开卷有益吧?

崔海:开卷肯定是有益的。看什么书可能都会有收获。可我个人从上小学起就没受过什么正规教育,没有养成良好的读书习惯。以至在床上读书就犯困,就好像看的是催眠术秘籍。

读书很慢,但听觉记忆很好,所以我更爱"听书"。听别人讲或听收音机里讲过的东西,记得特别深刻。比如《三国演义》《水浒》……里面的一些情节我很熟悉,都不是从小说里看来的,都是听来的,基本上属于文盲的学习方式。

其实现在人获取信息的方式很方便，在灯底下看书的人会越来越少，因为这不免有些枯燥，肯定不如看电视听收音机来得快。每个时代都有每个时代的产物，我们现在不可能端着小油灯或站在雪地里去读书了，你看一部《三国演义》可能需要很长时间，有很多情节未必有看电视记得清楚。他人的讲解可能都会对原著有所偏离，但药片加了糖衣之后更适合人们吃。我觉得对现代人来说能够通读《史记》、看懂《春秋》的人会越来越少，因为社会的需要不同了。过去的读书人必须通读四书五经，因为那是举子们考试的科目。现在不考这些了，学的随之就少了，在有些地方提倡国学教育，不能说没有必要，但做来做去肯定是表面文章。就像现在做的仿古建筑，表面上全是老的，其实全是水泥。我觉得现代的阅读被宽泛化了，我们不一定非拘泥于书本的阅读，应当利用现代社会所能提供的便利条件。我们应当重视的是传统学习精神的延续而不是表面文章，没有必要放着电灯不用非得囊萤映雪，也没有必要抗拒压缩盘而非得弄得汗牛充栋。对于大部分人来说，多种渠道的阅读是更容易实现的。

22. 您是说传统阅读会越来越少甚至被取代？

崔海：传统的阅读是不能否定的，书肯定是要看的。但现

崔海　水绕孤村烟火微之六　23cm×34cm　纸本设色　2013年

在有这么多获取知识的途径，就如同我们现在有很多自动挡的汽车，不踩离合不用换挡很方便，可是为什么还有那么一批人买手动挡的？因为手动挡比自动挡更有驾驶感觉，更能满足驾驶者的驾驶欲望。读书也是如此，别人讲有些地方肯定不如自己看，对于原著每个人都会有自己的见解；每个人会有不同层面的需要，要看你读书是为了做什么，一个老百姓的消遣阅读肯定和学者为了著述而阅读是不一样的。

23. 中国文人历来注重学养，您觉得作为艺术家，读书是不是尤为重要？

崔海：历史上好多画家不仅仅是善于读书的人，并且是很了不起的文人，像王维、苏轼、米芾、倪瓒、董其昌……他们首先是文人，其次才是画家。中国绘画讲究文人气和书卷气，中国绘画的主脉就是读书人的绘画。没有文化气质的绘画称为"匠画"，从品位上讲只能算是"能品"，读书是画家很重要的功课。好的画家肯定是有文化品位的人，而有文化品位的画家，肯定不是一个落俗套的人。

现在我们别说画家，就是一个初中毕业生、高中毕业生，上那么多年学，从阅读量上说，肯定比以前的人强多了，更不要说大学生。但问题是，现在读书不切实质的比较多。比如一

崔海　水绕孤村烟火微之三　23cm×34cm　纸本墨笔　2013年

个中文系的本科生，从他上学到他本科毕业，应该说的上是博览群书了，但是，你让他做一篇有个人见解的文章他都未必做得到。为什么？这就说明读书不简单是为了阅，关键是读，还是要有体会有见解的读。

任何作品玩文字游戏肯定都不会有多大的意思，这跟画画道理是一样的。谁都可以把墨画出浓淡，但是这有什么用呢？关键是你在里面要注入你表现的对象。假如史记里没有这么多的精彩情节，满篇就是之乎者也，可能就没什么人看了，这就是我们现在所说的形式和内容。作为一种艺术，形式肯定要有，而且要精彩，但归根结底得有内容。内容有时可能是说明一个问题，解释一个道理，可能有的是抒发一种感情，这些都是我们能体会到的，这样说并不是忽略形式。

我觉得读书是在寻找你生活的一种状态，当你觉得你读的书和你期望的生活状态一致时，你就多读几遍，不一致时就少读几遍。读书是为了让人更充满智慧，不是越读越傻，不是为了读书而读书。王阳明说：读书要明心见性。读书要看到实质，要发挥出书的精神，读成呆子就没意思了。

梁漱溟讲他有一连襟，叫伍庸伯，在国民党元老李济深手下任职，没有读过什么书。一次，梁去看他，大家中午吃饭，一边吃一边聊，吃得差不多了，伍说："你们先聊，我休

崔海　水绕孤村烟火微之十九　23cm×34cm　纸本墨笔　2013年

息十五分钟。"话毕,就坐在餐椅上大睡,十五分钟后真就醒了,当时梁正闹失眠,羡慕得不得了。后来伍庸伯在抗日时期做了广东地区的纵队司令。一次,在行军中,情报人员说不远处有日本人的部队追来,伍说:"没事,不是找我们的",中午他找了个地方照旧午休。梁漱溟说他是完全自我地做事,放得下一切,是生活当中的孔子,虽然没有读过什么书,但是,是自己见过的一个真正有儒学实践精神的人。

24. 艺术应当满足自己还是满足别人?

崔海:我觉得首先要满足自己,再满足别人,自己满足不了而去满足别人,其实是讨好别人,懵别人。打个比方:我请朋友吃饭,首先会点自己爱吃的菜,你自己都不爱吃的东西给朋友点,往往朋友也不一定爱吃。一件打动别人的艺术作品,首先应该能够打动自己。

25. 您觉得天分重要吗?

崔海:应该说很重要。像莫扎特,几岁就开始弹琴,几岁就开始作曲,绝对是天才。但也有不是天才的,爱迪生十几岁的时候做任何一个器具都做得不像样子,可是他最终还是成了世界上最伟大的科学家,而且做的都是世界上最重要的发明。

天分是什么？假如你热爱数学，那你可能在数学的领域就游刃有余，可是本来是一个对视觉艺术感兴趣的人，你非要让他去研究数学，那他当然就显得很笨。我说的意思就是，关键是要施展天赋。有些人可能在很早时就发现了自己的天分，并不断地发展它；而有些人可能一直没有发现。有些人可能是全才，在很多领域都有天赋，像达芬奇、爱迪生什么的，但也有的人是只在某一方面有，全才还是比较少。其实我觉得每个人都有自己的天分，每个人都是大师的坯子！天才就像是水和种子，有水分种子才能发芽。人们讲时势造英雄，一个将军只能在战争中才能显示出他的本事。

不是有一篇古文《伤仲永》吗，说他本来是个天才，后来成了废物，我觉得这主要是因为后天的学习不足，并不能否认仲永是天才。三国时的曹植，小时候就很聪明，大了依然很聪明，他的文学天分远远超过他的哥哥曹丕，可他政治上的天赋就不如他的哥哥了。

任何一个行当，比天才更重要的东西，就是不懈地努力、坚持，还有自己的悟性。天分只是一种聪明，聪明加上认知之后才是天才，没有一种考试只为天才打分。一棵大树再好，你找了一个拙劣的木匠，把它做成不合比例又没有任何使用价值的家具，那就把这棵大树给废了。昨天我看了一个节目，辩论会，评委把金话筒奖给了一个说话最少的人，原因是他虽然没有口若悬河的能力，但他说的每一句话都切中要害，条理清晰，显然这就不是天赋起了作用，而是后天的认知。

我觉得真正有天分的人更应该下笨功夫。爱迪生是个天才，可他却说："天才是百分之一的灵感，加上百分之九十九的汗水。"也证明天才是靠勤奋挖掘出来的。

26. 你理想中的生活是什么样的？

崔海：我对于生活的追求和小孩子的理想正好相反，一个小孩子上幼儿园时想当总统、将军，后来上学了希望成为一个艺术家、科学家什么的，再后来大学毕业了找一个合适的工作就满足了。可人们对于生活的追求不是这样，租房子住的时候觉得自己有一套房子多好，哪怕再小；几年之后房子有了，看到别人有更大的房子，自己又攒了一些积蓄，还得换更大的，还要买车……这些不仅是我们生活水平的提高更是由于社会物质条件的发展，人们的欲望随着生活的发展，只会越来越膨胀，直至发生"蛇吞'相'"的悲剧。比如：冷暖气候的异常，怪病的出现，矿难、战争的发生，这些都和人们的奢侈消费有关。

我觉得我们对于现代消费的依赖太大，貌似强大，实际透露着脆弱。我们设想一个大城市停电一小时会怎么样：工厂不能生产了、饭店不能营业了、机关不能办公了……一切瘫痪了，损失应该以千万计算都不止，太可怕！就是一个家庭停电，一家无论老小都会感到极为不便，没有电视看，空调不能用，没有热水喝。强大的背后实际上是对于物质的依赖越来越强了，这就是我们的消费心理消费状态问题。过去三十七八度，没有电扇空调，人们一样可以忍耐。因为人本身有一种对自然的适应和忍耐。可现在的都市人能行吗？这不是一个城市、一个家庭的问题，而是所有消耗现代物质文明的人的共同问题。我们现在去一个风景区，比如张家界，今天从北京去张家界，上午八九点出发，中午就在张家界吃午餐了。下午囫囵吞枣地看一看风景，晚上就可以回北京了。这也许很方便，可是过去人们讲一路观景。你一下午看到的风景是有目的的享受，而你一路观景看到的是无目的的风景。

"过山还过山，渡水复渡水……不觉到君家。"古人是在享受生活。我喜欢的就是这种无目的的风景，这可能跟我小时候的生活方式有关。就像雷锋说的，做一件好事不难，难的是一辈子做好事不做坏事。套用一下，我觉一个人选择一种生活方式并不难，难的是你不断在这种生活方式中找到快乐和趣味。比方你是个教书的，你觉得自己很成功，每年给国家培养不少

崔海　水绕孤村烟火微之十六　23cm×34cm　纸本墨笔　2013年

人才。可别人会说：总教书有多大出息，你应该去当校长，你应该去当局长，后来有人说教育厅厅长快退了，你是不是该当厅长？你离开教授这个岗位，在物质利益方面肯定比原来得到的要多。可几年下来，你发现这并不是你想要，你想做的还是教育。你的成就感并不是你分了一套很大的房子，每天吃酒席，时常有人给你送礼，而还是觉得培养了很多出色的学生是最骄傲的事情。那我觉得你还是好好教自己的书。我觉得社会所公认的价值取向是一种消费取向和权力使用取向，并不是自我陶醉自我快乐。这也正常，作为一个客观世界的自然人，谁也离不开名利的诱惑。但在选择名利的时候，不应该只想到得，还应该想到失。

27. 这种"以小释大"的生活状态，是不是让你的理想很现实？

崔海：人的心情和状态应该决定自己的理想。秦朝末年，有一次秦二世出行，车马千乘，美女无数，旌旗伞盖。刘邦看后说，大丈夫生于天地之间，真应如此！项羽看后说，此等奢靡暴君，吾必诛之！结果两个人的理想都实现了：刘邦当了皇帝，项羽推翻了秦王朝。谁都有自己的理想和抱负，有的伟大，有的现实，我属于二者之间。

28.画中国画应该需要平静的环境吧,有些画家选择比较纯粹的生活方式,比如做专业画家,甚至会做居士。你的本职工作是做编辑,工作也比较忙,这会妨碍你从事绘画吗?

崔海:有一点,不过有利也有弊。原来我上的是师范学校,低年级素描、色彩、版画、油画什么都学,后来才接触国画,而且是山水、花鸟、人物什么都画。但在美院就不存在这个问题,画什么的就一直接触什么,这肯定有利于本专业的强化。但对于我们师范生来说学得很杂,这可能是个缺点,但反过来讲,你把它看作博览群书好了。因为每一种绘画都有它的特点,这倒很有利于彼此的借鉴,而且是无意识的,这样看来可能更有优势。我在单位里做编辑、做设计,单位的领导经常教育我们,作为一个好的编辑,首先要成为"杂家"。设计这项工作他要求你的设计要了解观众,更能打动人,产品才有卖相。画画容易沉浸于自己的感受,而不去考虑打动别人,我觉得设计反而增长了我的知识点,让我更注重别人的感受。

画画不是我生活和艺术创造的全部,它只是我生活中的一部分,我很热爱它,因为我从中得到了很多快乐,而且实现了很多自己想实现的价值。但我又老是劝自己,不要把它看得太沉重,我们生活中还有其他的酸甜苦辣。圣人讲"治大国若烹小鲜",治理大国不是每个人都有机会,但是我们都有自己的

崔海 水绕孤村烟火微之十七 23cm×34cm 纸本墨笔 2013年

"小鲜"烹，或者你干脆就把"小鲜"当作"大国"去治理，也挺有意思，我就是这样享受我的绘画的。

29. 在这么嘈杂的艺术环境下，艺术家还能够完全坚持自己的独立创造吗？

崔海：很难！谁也不能脱离周围的影响，不管是好的还是坏的，能脱离开世俗干扰的我想应该没有几个，只是有的过了，有的恰到好处。一个真空的、不受现实影响的人未必是健康的，因为我们会说他不合时宜。假如让一个宋朝的人生活在我们的现代城市：空气是污染的、水是污染的、粮食蔬菜是污染的，他未必能生活得健康和长寿，你说问题出在哪一方面？是他的问题是我们现实生活的问题？

30. 你从小学、中学、大学直至到工作过的几个单位从来也没有当过班干部或单位的什么领导，是没有机会？还是得不到领导的赏识？是自己没有能力？还是自己不愿意干这样的事情？

崔海：可以肯定重要是前面的三个因素，没机会、没能力更得不到领导的赏识。几个不太懂事的孩子都知道在过家家的时候当家长，他可以命令别人干这个干那个，因为家长是家里说了算的人。何况我！现在单位报酬最高的是当官的，最受到人们敬重的还是当官的，搁着你不愿意干吗？之所以这样，一方面领导真有水平，极大的一方面是权力在作怪。人们敬重的是他的权力，当然报酬是领导自己可以决定的，这些对任何一个人绝对是一个诱惑。所以我不止一次地想过自己什么时候也威风威风，想法一次一次地落空，慢慢地用阿Q精神开导自己。看：当领导天天开会多累，办公室闲坐着还算计这算计那，别人的尊敬并不说明自己的人品好能力高，退了下来了那些近乎的人也不理你了，失落吧！心里也就平静了。有一点我强调一下，绝大多数领导干部是真不错的，遇到出坏主意做坏事的大多是那些"小鬼儿"，老百姓有句话：阎王好见小鬼儿难缠吗。

31. 中国画有必要分为山水、花鸟和人物吗？

崔海：题材永远不是问题，它只是一个描写的对象而已，齐白石画一泡屎可能比一般人画的美玉还有意思。

32. 画家在一起搞什么画会、什么艺术群体有必要和意义吗？

崔海：拿扬州八怪来说，相近的几个朋友，靠着手中的笔和墨，书写着自己的人生境况和社会认知。其中不乏一些遗老遗少、落魄秀才，社会不愿和他们同流，他们也不愿和社会合污。在世界观上，就和当时的宫廷画家有明显的不同。他们凑在扬州这个地方，扬州的人文环境和自然环境在滋养着他们，玩雅的，玩俗的。一些志同道合的朋友凑在一起做高兴的事，发泄发泄可谓快哉。齐白石和黄宾虹都这么干过，但我们今天看来，他们参加过哪个画会哪个画社恐怕谁也记不清楚了，惹人注意的还是他们的作品。

33. 看来艺术本身是最关键的。
崔海：因为艺术家搞的是个人的劳动。

34. 现在一些画家总强调艺术的学术性，您做何看法？
崔海：艺术要有学术的品位，这也是它存在的价值，但这种品味是自然流露出来的不是刻意地追求所能达到。我们可以做一实验：十对夫妻，五对做爱的目的是生孩子，以实现家庭和社会的责任感；另外五对是注重性爱的快乐，不想这不想那，十月分娩生下来最健康最聪明的孩子未必是前者。这说明无论是做什么，最好的是在做的过程中有一美好的境界，你总抱着一个了不起的理想，理想未必就能实现。

崔海　水绕孤村烟火微之十五　23cm×34cm　纸本墨笔　2013年

35. 你怎样看待艺术家的艺术个性？

崔海：个性是艺术的存在价值，历史上留下来的好东西肯定是有艺术个性的，但仅有个性是不够的，还要有品位。你把头发漂成绿的、你在马路上裸奔、单位开大会你站起来说领导是傻瓜，肯定会惹起别人的注意，别人肯定说你有个性。这是个性吗？显然是，但又不是，个性应该是有品位的卓尔不群。

36. 您对下笔墨功夫怎么看？

崔海：不下功夫不行，只下死功夫也不行。过去有一个练武术的，抄起练功的秘籍就练，第一篇是立志篇：欲练此功需撞墙九次，以明立志，咣咣咣……头上全是青包；撞完了九次才发现还有第二篇，理智篇：此功不撞墙也可以练成，以明理智。画家练了几十年的笔墨而未画出好的作品，是不是和练功的人有相似之处呢？我并不是否定下笔墨的功夫，而是觉得要有一个尺度。拿种庄稼来说，一般耕地有七八寸或一尺就足矣，非耕五尺不可，五尺对庄稼也没什么害处，可也没什么大的好处。庄稼有好的收成不仅是靠耕地，还要施肥、浇水、锄草等。干什么事都是这样。

37. 在您的作品了总透着一种鲜活的生活气息，是不是跟写生有很大关系?

崔海：是的，我觉得无论社会怎样进步，生活永远是一切艺术创作的源泉，艺术永远也离不开生活，心不孤起，托境方生。艺术离开了生活就好像在水杯里栽种的植物，虽然能够成活，肯定没有在土地里栽那样富有生命力。生活能够给你提供意想不到的素材，并为之开辟出自己的艺术语言。每个画家都在寻找适合自己描写的一种方式，我认识这个世界是从乡村开始的，是她决定了我的绘画形式和内容，我经常到太行山里去转转，散散心、写写生什么的。

38. 您有没有发现，热爱艺术的人越来越多了，或者说大家越来越关心艺术了？

崔海：这有两个方面的原因。第一个是随着社会的发展，人们对于艺术和文化的关注是一个必然的现象。在国外发达的地方，对于一个企业的评价，不仅要考察他资金和资产的多少，还要考察他对社会文化艺术贡献的多少。人们热衷于艺术，这不仅代表的是精神文化消费，而且就像我们关心身体一样，你过去几十年可能都没有体检过，现在生活水平高了，意识到身体的重要了，年年体检，防患于未然。为什么？你过去连饭都吃不饱，对于身体的珍惜就显得不那么重要。其实，现在对精神的关注要高过物质的拥有。

现在是经济社会，经济社会就讲究资本，资本就讲究投资，人们的投资主要就是股市、期货、房地产啦。当然，还有艺术品。对艺术品投资的人大多是以营利为目的的，这也无可厚非，但我觉得还是应当把艺术品当作消费品，今年你花一万块钱买的一张画，过几年你就想让它涨到三万、五万，我觉得这种消费是不健康的。对艺术品的收藏，不同于股票和房地产的投资，艺术是可以给你带来思想愉悦的。比如你买了一个杯子，你首先要使用这个杯子，用它喝水什么的，若干年后，它可能涨到了五百、五千，成了收藏的艺术品了，这是意外的收获，但它已经实现了杯子本身的价值，使用中有收藏，多开心。你买一张画，主要是看它，欣赏它，你觉得值，就够了，不要对它有过高的期望值。假如若干年后它为你赚钱了，那你偷着乐就行了。

艺术是贵族消费，买艺术品一定要有眼光和品位。贵族不同于大款，要求你不仅有钱，还要有良好的文化素养及良好的消费心理，玩得起，输得起。艺术不是越贵越好，你花五万块买的汽车肯定和二十多万买的汽车有明显的区别，因为汽车是由配置、款式决定价格的，它有一个比较可靠的数字作参数。艺术品就不好说了，一百万买的过几年可能就值几十万，甚至

崔海　水绕孤村烟火微之四　23cm×34cm　纸本墨笔　2013年

更少；反之，你花几万买的过几年可能会值几百万，这可能就是艺术品的魅力。

39.是不是好多艺术家在活着的时候不太被人关注，到死后才扬名于世？比如凡·高。

崔海：其实不是这样的，凡·高在世的时候有好多艺术家就关注他，认可他，只是他没有得到世俗的关注。20世纪三四十年代的齐白石，刚到北京的时候也是如此。在人们心目中，他就是给死人画像的一个匠人，一个会雕花的木匠。一个外来户，免不了受到一些排斥，不过当时陈半丁、陈师曾、萧谦中、胡佩衡、老舍都很佩服他。同时，大家也给了他很多经济上的帮助。所以说，艺术家虽然是个体的劳动，但肯定也离不开周边环境对他的影响。我觉得一个好的艺术家在任何时候都不会是孤立的，关注只是时间的早晚问题，金子可以不发光，但发光的时候一定是金子！

40.现在艺术市场非常受人关注，艺术家生活在这个时代是不是应该说很有利于自己的艺术创作呢？

崔海：肯定有。我们把股市看作是国家经济状况的晴雨表，应当把艺术市场看作是人们生活质量的晴雨表。一个社会没有艺术品的支撑和对艺术品的把玩，肯定是一个无趣和烦躁的社会。艺术品应该在一个健康的社会环境中生存，像一个涓涓流淌的溪流，观之清澈透底，饮之甘甜可口，它不仅能提高社会的审美水平，而且还能滋养人们的精神世界。但是，一件艺术品应该对于它的观众要求很高，比方说，一个足球运动员他经过几年的训练，什么去巴西、去德国，稍有一些天赋的人肯定会踢出个样子。但是要想成为一个合格的球迷，别说几年就是几十年都不一定合格，也许需要几代人的努力。艺术的观众也是这样。

41. 画家的作品价格变化现在很牵动人心，您怎么看画价的问题？

崔海：画价的变化，确实很牵动人心。但不如股市牵动人心，不如石油牵动人心，不如海湾局势牵动人心。画家是文化群体不应该成为商人群体，不要把商人的问题作为画家的问题。

42. 现在好多优秀的画家越来越不关注全国性的展览，是觉得没有什么意思了吗？

崔海：这确实是一个事实，应该有多方面的原因，一言半语不好说清楚。

我觉得艺术家对于艺术的参与，首先要舒展个性，这样才有参与的乐趣。可现实不是这样，人们不但不参与，而且还不太关注。前二十年你要在全国美展上得个银牌、铜牌就会惹人注意。可现在你就是拿个金牌，观众也会不在意是谁。为什么？第一，过去全国性展览是艺术家参与艺术的主要途径，人人关注，只有通过这样的大展才能扬名。可是，我们现在经常有这个展、那个展，展览会太多了、滥了。二是，你看好多得奖的作品艺术品位并不高，可能是只是适应了评委的口味而已，或者还有其他的什么原因，有失公平公正！不关注未必是坏事，拿美国 NBA 来说，它虽然不是世界性的大赛，但好多一流的球员在里面，打得好、有看头，肯定比世界篮球锦标赛看着有意思。

43.您的作品面目独特，很容易给人留下深刻印象，您怎么看待个人风格问题？

崔海：对于艺术的个性，也就是个人的艺术风格，只有有个性的艺术才有存在的价值，从过去到现在，凡是经得住推敲的作品，都是有个性的。但在个性之上还得有点儿东西，这就是艺术的品位。比如我们所看的辣椒一般都是绿颜色和红颜色的，你很有本事，研究出紫颜色、黄颜色的，营养价值丰富产量又高，这肯定是不得了！反之，这个辣椒看着不错，颜色吸引人，但是吃起来却有很多不利于人身体的健康的成分，口感又不好，那肯定这个个性就无意义了。也就是说，个性要建立在共性和品位之上才叫个性。改革开放后，各省市管建筑的领导，各地各国地学习考察，本意上都想把自己的城市建成特别有个性的城市，可是二十年下来，把中国的城市都改成了高楼林立、富丽堂皇的克隆城市，这说明艺术需要眼光。现在好多画家一是盲目追求现代，一是过分追求传统，我觉得这两者都欠妥，个性应当建立在个人的认知程度上，自己认知程度的高低决定你的个性发展。提高认知程度，知道现代当中什么是营养，传统当中什么是营养，自然当中什么是营养。过去我们讲古为今用、洋为中用。关键看我们用什么，什么是糟粕，什么是精华？

我觉得我的风格是受了西方构成和中国传统水墨以及现实生活的影响。生活是艺术的源泉，这可能是艺术创造永恒的东西，因为生活中的一些事物和现象无一不是永恒的，无一不是变化的。由于这些永恒和变化，使我感觉到很多有趣的东西。

44.人们把艺术家分为两类，风流的才子型和持重的学者

崔海　水绕孤村烟火微之五　23cm×34cm　纸本墨笔　2013年

型,您属于哪一类呢?

崔海:风流的才子做不来,持重的学者资格不够,我也不知道属于哪一类。我想还是不要走极端。就好像现实生活中,没有十分的好人,也没有十分的坏人。

45. 说说齐白石和黄宾虹。

崔海:二者都是20世纪的顶尖人物,我很喜欢他们的作品。齐白石是雅俗共赏的大师,是因为他的画面具有生活的情趣,纯粹里透着丰富,丰富的生活气息使人们忘记了笔墨的存在。黄宾虹是书卷型的大师,他一生读了很多书,字写得也好,常以书法入画,丰富中透着纯粹,可惜他的每幅作品面貌太接近。也就是说,画青城山和画雁荡山或某某山的手法没有什么区别,可以随便说它是哪儿的山水或不是哪儿的山水,画的内容和形式太近似。他的东西好多搞书法的更喜欢,也许正是因为他以书法入画的缘故。齐白石"似与不似"地"直白"了生活。他对于生活的热爱要远远超出对艺术的追求,他一生追求着艺术不如说体验着生活,他世俗化的生活方式,奠定了他在艺术方面的平民化。这并没有使他的绘画失去艺术的生命力,"时代造就英雄",齐白石是生活造就的"英雄"。生活给予了他丰富的艺术滋养,通俗化的画面情调,可"通"不见得就是

"俗"，"高"不一定就非得"雅"。有时候我并不是想给什么事情下一个定义，其实世界上的事情谁也不能说清楚，何况相近的画家，又不能按照跑百米什么的分个一二名。我只是按照我的观点以画论画而已，至于他们在其他方面的什么，应该用其他的观点去衡量，不要和绘画扯在一起。

46. 你作为一位山水画家怎么看待李可染和陆俨少？

崔海：这两位都是20世纪了不起的画家，今天大家关注他们就证明了这一点。别人说李可染40年代画得好，传统运用得讲究，后来倒没有了传统，退步了，这种观点比较片面。李可染早期的人物在20世纪的写意画中都是最好的，当时老舍先生就有美文赞誉。其实李可染有今天的影响，不是传统与非传统的问题，在于他画出了自己独树一帜的山水画面貌，他的山水画我们不能完全按照传统的笔墨价值观来衡量，他的画面浑厚的冲击力是古人不曾有的。陆俨少就稍弱了点儿，他的画过于程式化，语言也比较简单。他们这一代人不容易，20世纪每一次社会变革基本都赶上了，艺术作为社会中的一个文化门类永远摆脱不了政治对它的左右。所以他们有些画是为自己画的有些是为社会环境画的，这些都是很自然的事，遗憾的是每个人精力有限，做一些徒劳的事，肯定会影响艺术的高度。

崔海 闲行图 34cm×23cm 纸本墨笔 2014年

现在看他们和古人比缺少了一些"士气",再过五十年、一百年他们成了真正的古人自然就有了"士气",我们不要怀疑。

47. 您对"四王"和董其昌怎样看待?

崔海:这么多年我们一直喜欢"四僧"这样具有开拓性得画家,现在"四王"又慢慢地惹起人们的注意,说他们又怎么怎么着了,原因何在?什么都是三十年河东三十年河西,荤的素的都有腻的时候。甚者是把董其昌吹得更是悬乎,说他是传统的正脉,笔墨已经是无与伦比的水平。我觉得董是画家中的儒雅学者,在一定的时期他的绘画形式和艺术见解,影响了一批人,当然"四王""四僧"也在内,他有一句话说得非常好:"以蹊径之怪奇论,则画不如山水,以笔墨之精妙论,则山水绝不如画。"我们不妨抛开他的这些理论见解,单就绘画而言,他太关注笔墨,而忽略了画面的开合、生气。

48. 在您内心里有没有给中国历史上的大画家排过名次?最崇拜谁?他们的顺序依次是什么?

崔海:你喜欢一个画家及他的作品有些时候会有很多原因,他不仅含有作品的水平和价值,而且还具有自己的艺术偏好和眼光高低。具体让我说张三为什么比李四的好,李四为什么比王五的好，能说出很多理由，但又说不出什么具体的原因，凭感觉。

49. 那就说说……

崔海：可以分为几个等级——

最崇拜的当然是：八大，算作是超一流。

一流的代表是：赵佶、钱选、牧溪、赵昌、赵孟頫、倪瓒、齐白石。

一流半的代表有：阎立本、牧溪、董源、梁楷、范宽、李公麟、李迪、崔白、黄筌、郭熙、韩干、韩滉、黄公望、边景昭、董其昌、石涛、徐渭、金农。

二流的代表有：徐熙、张萱、李唐、马远、米友仁、王蒙、沈周、文徵明、崔子忠、林良、龚贤、弘仁、黄宾虹、傅抱石

三流的代表有：唐寅、吕纪、陈洪绶、任伯年、虚谷、张大千、李可染。

四流的代表有："四王"、郑板桥、吴昌硕。

以上这些是个人的观点，仅说明我的偏好，有偏好就不一定准确，当然还有很多了不起的人物，像巨然、张择端、王希孟、许道宁什么的，以及很多佚名的画家。

50. 那么，你对当代的画家排过名次没有？

崔海：还没有，不过身边的老师和朋友的画很让我感动，实事求是地说他们很多是当今一二流的画家。这些年的社会两极分化加重，画家的水平差距也在加大，好的越来越好，坏的越来越坏，没办法。

51. 那你觉得现在的画家是不是滥竽充数的很多？

崔海：中外的历史上，各个行当都有滥竽充数的，以后也不会消灭。社会的发展中什么滥鱼、滥虾的应该很多，我们不必太看重这些鱼、虾游动的过程，只管吹好自己的"竽"吧！

52. 是不是有些画家的艺术创作为市场左右，作品里也会透着金钱的味道？

崔海：有市场不是坏事，男人有钱就变坏了吗，没有钱的男人都是好男人吗？显然不是！齐白石卖了一辈子画，一辈子都是为钱努力，照样不得了。相反，埋头搞一辈子艺术的人，没有受到市场的关注，也没搞定艺术，自己反被艺术给搞了。齐白石喜欢钱不假，金条和钱柜的钥匙都拴在腰上，谁都动不得摸不得，但他骨子里还透出了比金钱更能打动人的艺术天

崔海 倭瓜图 34cm×23cm 纸本墨笔 2012年

赋。所以金钱在他的画画过程中基本没有什么体现。再有，现在好多画家的精品基本都舍不得卖，齐白石则不然，自己满意的东西都舍不得题款，放起来准备给买家，让买家出一个好价钱。我觉得金钱从某些方面说，倒成全了他的艺术。

反过来说，金钱对于艺术的创作也不一定是什么好事，本来有几分天赋，但听从画廊老板的摆布，一股劲地追逐利益，不小心就会栽在它的手里。

53. 假如现在有人甩给你一大笔钱，你如何对待？

崔海：最好把"假如"两个字去掉，好事！但是要建立在不干涉我的创作的基础上，否则好事就成了坏事。

54. 您是唯物主义者还唯心主义者？往深一点说，您信鬼神吗？

崔海：在禅宗里有个公案，是旗在动还是心在动的问题。我觉得是心和旗都在动。也就是说唯物和唯心都是相对应存在的。它们两个不是从属的问题，而是存在的问题。小和尚没有看到旗，旗一样存在，旗的飘动不存在，小和尚的想象一样可以存在。

从骨子里讲我肯定是唯物主义者，因为我们所受的教育是辩证唯物的，物质决定意识，其实是把唯物和唯心对立起来了。但是后来，随着生活当中一些复杂事物的出现，感觉到有时物质并不能决定意识。至于神鬼的问题，是迷信和科学的一种较量，无论是唯物主义还是唯心主义，凡是信仰科学的人，恐怕都不会相信鬼神的存在。就是现在一些奇怪的自然现象，较之人类的解释和认知，显然科学知识的发展是有限的。比方说某个地方的奇迹谜团，现在我们确实解释不了，可是再过一百年、二百年就能解释清楚了，我觉得科学的乐趣就在于它是发展的，这也说明科学是有狭隘性的。

可以相信科学但是不能迷信科学，否则和信神信鬼是一样的。世界上最伟大的科学家，一个是牛顿，一个是爱因斯坦，他们研究了一辈子自然物理现象，有些事物解释清楚了，可有些现象越解释越糊涂，最后他们思想上相信了神的存在。为什么？因为即使再伟大的人他的认知也是有限的，其实在一定阶段科学发展有限的情况下，就会表现出一种人性的脆弱。我们可能认识的一些现象有物理、生物、化学现象，可是也许有的现象，还没有把它定义为一种科学现象。比如说灵魂，没准不是单纯的一种精神上的想象，而是一种更高的科学研究对象。

我们老按照一种思想常规去想象，是对未知的期待。当我们按照这种方式去验证却又屡遭失败之后，人就会有一种挫败感，挫败一次次增加，就会对这种现象产生疑惑和猜疑，觉得是否真有"神"的存在。从骨子里无论是科学家还是平常人，对未知的东西都想用有知的答案去解释，这种有知的东西是什么，可能是一种想象，可能是神话传说。所以，我认为在世界上想象肯定要比自然现象丰富，因为想象是无穷的。

55. 那在你生活当中，发生过用科学解释不了的问题吗？

崔海：有，我岳父今年七十多了，三十几年前回老家居住，有一天中午午休，做了一个梦，梦见房子的山墙里边藏着一个三八大盖枪。醒了之后，对梦里的事情将信将疑，索性就把山墙刨开了。果然，有一杆大枪，都很惊讶！随后，他用唯物的方法解释说，小时候兵荒马乱，可能看到一个八路军把枪藏到里面去了，随着时间的变化，把这事忘了。用科学的方法讲，在梦幻中找到了丧失的记忆。

可是，发生在我自己身上的事，用科学解释起来就比较困难了。十几年前，我经常梦到老家附近有一个永乐村，永乐村，年年三月二十八过庙会，和其他地方一样，庙会有，但庙已经不存在了。我从来没有见过这个庙，可我在梦里面总梦到：村边有几座孤零零的平房，色调是灰乎乎的，没有院墙，更谈不上庙门，只是在庙前边有两块石碑。后来，我把庙里的事情跟母亲讲，她说："从来没有见过，只是听过去的老人说过去有一个小庙，但是在闹日本的时候就已经被毁了。"后来，奶奶从老家来，我把梦里的事情又向她叙述了一遍，并给她画了一张草图，她看后非常惊讶，说：和她见到的庙是一样的。她这样一说呢，使我更惊讶，世界上难道真有这么怪的事？后来，我去佛协见到净慧法师，跟他说到这件事，他说："你前世应该是个和尚。"我想任何人身边可能都发生过类似的事情，我们老说有第六感，其实有时候何止第六感？

56. 是不是因为他是一个法师，所以他的解释方式是你前世是一个和尚，如果是别人有可能会有别的解释呢！

崔海：你说得很对呀！一个精神分析师、哲学家、科学家可能都会有他们的答案。但是我想，这些答案都有各自的解释，但又不一定都成立，世间万物可能永远也解释不清，一些看似智商很高的人，有时更相信巫婆神汉什么的。

57. 那您找人测过八字，算过命什么的吗？

崔海：在跟朋友玩儿的情况下算过一两次，有些是察言观色，有些还真有两套。在马路上那些穿着僧人道士衣服的人，多是混口饭吃的江湖术士，但他们也挺有意思，恭维你两句，

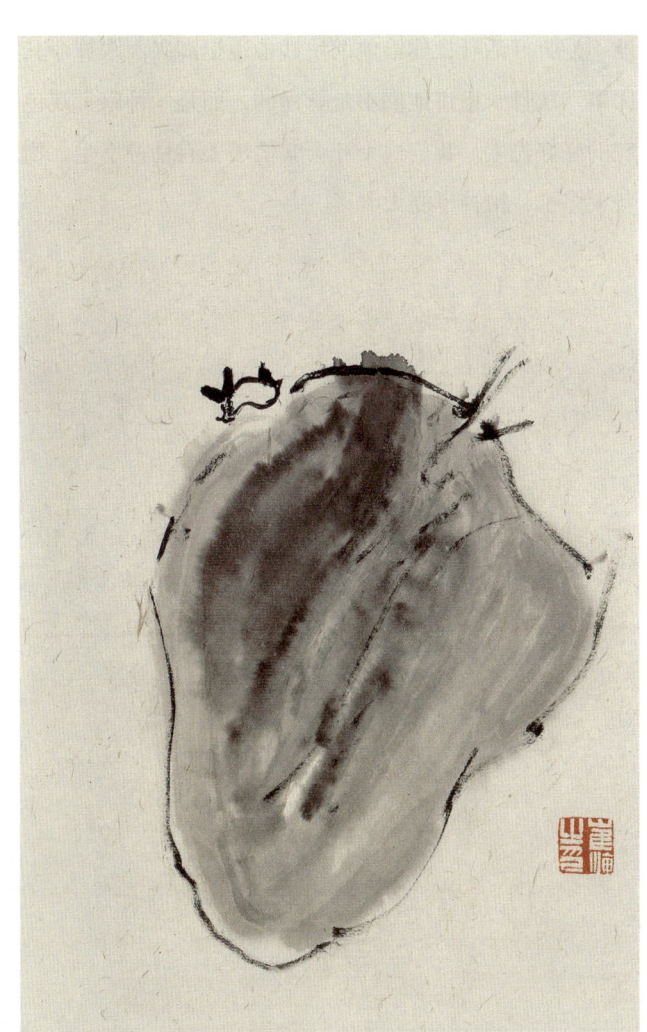

崔海 蜗牛图 34cm×23cm 纸本墨笔 2013年

谁不爱听好话呀,你给他两块钱他也挺高兴,跟算命其实是两回事。从骨子里讲他们不是算命的,而是一种察言观色见风使舵的好好先生。我们这个社会其实需要有精神享受,物质的消费太多了,精神享受太少了。

诗稿

自己爱看闲书但不善读书,看过去转眼也就忘了。有时附庸风雅地写点儿什么,可文脉思路总平淡无奇,如白开水,或许添一点文绉绉的文字会增色不少,又不知道添什么合适,还是用大白话写吧。想来水里加任何佐料都会消弱水的本性,并且喝来喝去最解渴的还是白开水。

作句何须太寻思,
文言不会添白词。
莫嗔自己读书少,
凭感而发是好诗。

画了这么多年的画,还总画不好,却傻乎乎地觉得这还是

崔海　武松和尚图　34cm×23cm　纸本墨笔　2013年

有意思的事。有过快乐、有过苦恼。好在身边的几个朋友不断地鼓励我,让我增加了不少信心。时常想到宋人李唐的那首愤青诗,自己也仿照了一下:

> 太行千仞尺寸间,
> 四季涂成墨一团。
> 我画不入俗人眼,
> 省得烟钱换墨钱。

我的绘画题材这么多年一直离不开山村对我的诱惑,这和我在农村生活多年有很大关系,对山、石、树、木的描写,是自己对儿时场景的回忆。骨子里农民的那种执着精神,使我不分冬夏地坚持了下来。农民不能没有土地,一个地道的农民最大的快乐就是在地里挥舞着镐头,收获的季节手里捧着硕大的玉米和高粱。白石老人说:"我生无田食破砚。"他是把画画比作种地的,把砚台看成是混饭的饭碗。他是一个农民,虽然失去了土地,但没有失去农民的生活习惯,所以白石老人清楚吃饭比艺术更重要。铺上一张纸,沏一杯茶,点一支烟,站在画案前,手拿着笔,就像一个农民扛着锄头望着芬芳的土地:

昔日种田今画山，
皆是为谋糊口钱。
世上三百六十行，
行行都能见状元。

又：

千亩园里画山凹，
好歹无须他人夸。
喝茶吸烟随我趣，
关起门来自成家。

太行山里少水少云，所以我的画里也少水无云。似乎就不知道云添在什么地方合适，索性就不画它了。

只画山来不画云，
远山近树墨区分。
只缘太行纹路好，
可用披麻解索皴。

崔海　女起解　25cm×20cm　纸本墨笔　2014 年

题老汉习武图：

九阴真经散民间，
古稀老汉苦钻研。
习得三招与两势，
由此乡里乱一团。

题韩羽《红楼梦》册页：

美书美画美诗文，
试问天下有几人。
最是饭后叽俚语，
柳氏或许礼三分。

而今世上固有千金万金，亦难求韩公一字一画，叹得若韵轩主人竟有十数幅《红楼梦》人物，且成册为珍，好不让人羡慕、嫉妒、恨！

题关良册页：

十字坡外桃花坞，

看了一出又一出。
而今观得良公画，
演员还需下功夫。

题北鱼书法册：

避开闹市到深山，
日出种瓜夜坐禅。
季公并无扬雄意，
只愿坦心写经篇。

北鱼厌倦闹市喧嚣于山里买房置地种瓜点豆，先生图个安静清闲，无丝竹之乱，无市井劳形，真闲云野鹤般生活。

题蝈蝈图：

午饭之后盹睡多，
此公咆哮又奈何。
东边日头西边雨，
乌七八糟乱谱歌。

题老僧读经图：

放下斋饭就读经，
语不清楚声不平。
自从来庙卅年整，
还有俗心尘世中？

天净沙·2001年题河南三亩地写生：

隔岸疏林几家，
信手用笔涂鸦。
每日三顿饱饭。
歇个长假，
观云看日赏花。

题武松和尚图：

他日喝酒最认真，
杀了老虎又杀人。
而今生得慈悲念，

崔海 行旅图 34cm×23cm 纸本墨笔 2013年

撞钟吃斋在佛门。

题杨志遇囧图：

丈夫惜弓在寒郊，
日后还有腰中刀。
英雄沦落在囧路，
逼上梁山寻逍遥。

题山中愚公图：

昔日愚公挖大山，
今朝我用画笔搬。
东拼西凑皆由己，
四季涂成墨一团。

又：

愚公何须挖大山，
住在山里多安闲。

昔年家中摇钱树 崔海

崔海　鸡图　34cm×23cm　纸本设色　2014年

种着自家三分地,
门前且无车马喧。

又:

愚公挪大山,
我往纸上搬。
南坡接数岭,
西凹置良田。
前庄结瓦舍,
后梁补甘泉。
何须世俗累,
读书把心宽。
曾有桑麻趣,
又惧筋骨寒。
笔墨述我志,
画画似做仙。

题山中秋风凉:

山中秋风凉，
懒去田里忙。
闲看唐宋句，
瞎吟亦断肠。

题观瀑图：

一条瀑布挂前川，
墨客文人弄骚言。
我本山中勤劳汉，
焉能为此荒废田。

题山居图：

自幼闲居在深山，
数条溪水流门前。
春来不知唐和宋，
秋到乡里话丰年。

题水到孤村烟火微：

不种豆来不种瓜，
田间地头乱溜达。
东家长来西家短，
百事不懂假行家。

又：

上边喊来下边应，
一声高来一声平。
还是不解其中意，
过得桥去仔细听。

又：

都言隐士最逍遥，
或许雄心比天高。
如若苍穹重抖擞，
君子亦有栋梁腰。

题壬辰写生：

崔海　杨志遇困图　34cm×23cm　纸本墨笔　2013年

烈日晴空唱西风，
时有山鸡深树鸣。
农家田舍稀壮汉，
老妪耄翁忙五更。

题佳荔图：

画虫需要写精神，
形似只能见其身。
荔枝赛过烧饼大，
画家还须多用心。

题倭瓜图：

夏去秋来黄叶多，
年复一年又奈何。
只恋艳阳高照日，
抖起翅膀唱山歌。

题江湖侠客图：

二十年前一把刀,
江湖任其逞英豪。
如今有了金盆意,
闲翻诗书在松梢。

寿阳曲:

小院外,
坡下堤,
雨后一片黄花地。
夕阳照得东篱晚,
柳梢之上鸟儿栖。

又:

桐荫下,
蒌草旁,
熬煞一个读书郎。
为了功名和富贵,
摘文取字愁断肠。

朝天子：

春天，
秋天，
来把驼梁画。
黄花绿地寒枝杈，
青山白云下。
石头为砚，
泉水冲墨。
若农夫种庄稼。
好画，
孬画，
全当庄稼话。

题自画像：

叩问人生几何，
皆被闲事消磨。
酒肉穿肠而过，
茶肆打牌放歌。

甲午中伏運數日，天氣悶熱，心隨小勁俊漢恢，如沐浴女，午後俊有大雨頗了，盒不僅解了暑酸意，清了霧霾。崔海

崔海　啄食图　34cm×23cm　纸本墨笔　2014年

2000年冬,来毛金虎家,山中大雪初晴,北风凛冽,寒气透骨,欲画画手指不能屈伸,用笔蘸墨涂在纸上就是一层薄冰,只能用开水涮笔。

千里江山一线描,
干枝乱叶用笔抄。
大雪覆塬寒冬日,
数只寒鸦动树梢。

题桥头图:

老夫老妻忆当年,
大马红轿过村前。
桥头还是旧时样,
相看鬓发已白斑。

麻将的事

打麻将,是小时候从战争片子里才能看到的,酒足饭饱的官老爷、官太太们坐在客厅里总是要玩上几把的东西,不知什么时候已经飞入寻常百姓家,昔日反动军官和土豪劣绅的"专利",不知不觉地已经演变为劳动人民的"胜利成果"。

中国的赌博可能有几千年的历史了,至于谁发明了麻将,众说不一。但可以肯定它的出现对于中国老百姓来说,绝对不亚于四大发明!毛泽东说:"中国对世界有三大贡献,第一是《红楼梦》,二是中医,三是麻将牌。不要看轻了麻将……你要是会打麻将,就可以更了解偶然性和必然性的关系,麻将里有哲学。"毛泽东是一个具有远见卓识的政治家,不知道他是不是麻将高手,但他应该深谙此道。所谓的偶然性,就是一个老江湖你打得再好,未必不栽在一个新人手里;必然性,就是新手你偶然赢一场，但几场下来老江湖赢的几率还是大，这是由他的经验和技术决定的。

南方有些地方相女婿是要打几圈的，以了解女婿的气度、涵养、性格；北方有些地方做生意前也是要打几圈的，以了解对方的诚信、魄力、智慧。不管南方、北方他们为了快速了解一个陌生人，不约而同地采取了打牌这种方式，好像有些滑稽，何以为此？世界上恰恰这些表面上不着边际的事，却能见出人的本性。

听说现在麻将是训练特工的一个必修课，不仅可以考察他们的心理素质，而且还可以考察他们的记忆能力和判断能力。

其实每个人都好赌，有的在桌子上，有的在桌子下，只是直接和间接的区别。

多年吃吃喝喝的朋友，一把牌可能闹翻，为什么？因为酒见情，喝酒聊的总是高兴的事、不高兴的事、张三李四王五赵六的屁事；而赌则见性，在牌桌上不爱清账的人跟他做生意肯定没把握。所以呀，老谋深算的商人，为了快速了解对方就需要先在牌桌上过过手。当然一切都不是绝对的，一个职业的赌徒未必是一个合格的女婿，更不一定是一个讲诚信的商人。

听说美国的小学生数学课外活动，都有打麻将牌的。因为里面有数字的游戏，其实，它不仅仅是一种数字排列、数字变

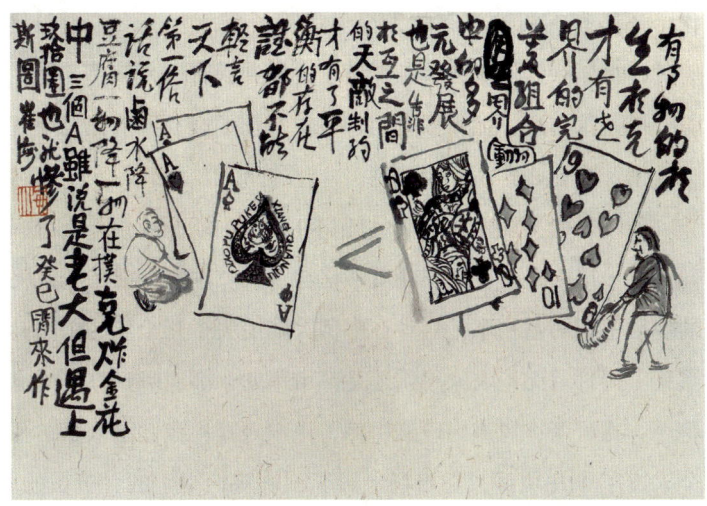

崔海　金花　23cm×34cm　纸本墨笔　2013年

化，还是有玄机的。有的人很早就听了三六九饼，抓一张是废牌，再抓一张还是废牌，抓黄了也没和；有的人起手一把烂牌，抓一张有用，抓一张有用，很快听在了边七万上，反手就自摸了，为什么？不好说清楚。

我刚开始接触麻将是20世纪80年代中期，社会上流行一句话：十亿人民九亿赌，还有一亿在跳舞。国家开放了，人民的生活也相对富裕了，这种在中国大陆消失了几十年的东西又重见了天日。无论农家小院还是都市单元，都能听到哗哗的麻将声。真可谓：风声雨声麻将声，声声入耳！我们刚入学，几个人凑了十几块钱，在市场上买了副麻将，小小的、黄黄的。会打的先在宿舍里练，你来我往地传递着饭票，可是宿舍的地方有限，就偷偷地挪到了教室，教室成了棋牌室。后来，被系里的书记发现了，他很严肃地批评了玩麻将的人，随之没收了赌具。再后来，书记家里就有了一副小小的、黄黄的麻将牌。书记还算不错，每到周末的时候就借给我们玩玩，他说这样不仅有了文化娱乐而且还不影响学习。我们的东西每周还要跑到他家里去借，他没觉得不好意思，我们反倒觉得麻烦了，几个志同道合的人一商量何不再买一副。再后来，班里面就又传出了哗哗的麻将声。随着时间的推移参加此项活动的人是越来越多，素质是越来越高，不仅有学生还有老师。队伍逐渐在扩大，一副麻将很显然是不够的，不能大眼瞪小眼地都看着，好多观众要求变成队员，有的同学干脆把家里的牌拿来，上百平方的教室到了晚上基本是一个麻将竞技场。

其实当时也不玩什么钱，只是搞一些饭票，这样一来，同等生活水平的人，不知不觉地就有了差异，有的天天吃炒菜，什么鱼香肉丝、滑溜里脊……随便点；可有的只能吃吃大锅里的烩菜什么的，一部分人的生活水平提高了，反之，另一部分人的生活水平下降了。

梁实秋说："一个中国人闷得发慌；两个中国人，就好商量；三个中国人，做不成事；四个中国人，麻将一场。"东北人说：宁舍一顿饭不舍二人转！麻将和二人转比有过之而无不及，你跟朋友说，晚上在某某地方一起吃饭吧，他可能会说："道太远，又堵车，改天；"今天孩子没人接，改天；""一会儿外地来人，改天……"反正不是这个理由就是那个理由，但你要说玩牌即使家里不让去，他也会编说出有这个事，有那个事。

麻将是一个既平民又贵族化的游戏，不论职位高低，贫穷富有，经常打高尔夫出没五星级酒店的，做小生意收废品的都可参与。梁启超在演讲前是要打几圈牌的，他说："这样才能话如涌泉。"修鞋的老刘说："摸牌的一刹那和我整鞋帮子的感觉没什么区别。"

崔海 一夜之春 34cm×23cm 纸本墨笔 2013年

凡是有此爱好的人基本都会有过五关和走麦城的经历，谁都斩过六将，谁都失过荆州。估计在中国的麻将史上就没有过常胜将军，你说你是老千，还有千王，千王后面还有王中之王。只要参与，不要轻言胜败。

虽说是牌场如战场，其实我们应该更看重它的游戏过程，几个朋友聚在一起首先要觉得非常惬意，赢了固然高兴，输了也应该高兴，想想哥儿几个陪着你玩多不容易，只当是请他们吃了顿饭、洗了个澡、唱了会儿歌。

兵法云：用兵无常道，以讹诈为奇。我觉得酒桌和牌桌比战场有过之而无不及，几个人喝了一白酒，这个说自己喝了半斤，那个说喝了四两，基本上要多说出半斤，这还不算离谱。假如换成四个人打麻将，这个说输了三千，那个说输了五千，实际赢家只赢了四千，虽然这有点不实际但还能接受，可笑的是四个人都说输了的时候也有！

我们总说人生犹如一出戏，一会儿台上一会儿台下的，让我看人生犹如一副牌，不管牌起得好与坏，只要心平气和地好好打就够了，和了固然好，即便是不和也一样的开心。

关于麻将的几件小事

1. 数年前，一帮朋友在茶社里玩"捻色"，大喊大叫，被人举报了，派出所的干警将我们生擒活拿。在去派出所的路上只漏网了一个"战士"，来到派出所"赌徒"们分别进了"单号"，一会儿来了一个副所长训斥我们说："你们这叫聚众赌博！把自己的单位和身份要交代出来，要罚款，还要拘留几天！"后来，找来其他地方的朋友说情每人罚了几千，算捞出来了。

一想玩这个真没什么意思，犯不上！赌博就像烟酒一样谁都试图戒过，但成功的少，失败的多。没几日就忘了去派出所的痛，在别人的招呼下去了另外一个茶楼，这次换打麻将，打一会儿来一位倒水的中年人，模样有点儿面熟，吓了我一跳，怎么会是他——抓我们的那个副所长，所长看我这么害怕倒有些诧异，殷勤地安慰道："这是我开的，没人查，不像旁边的那个。"这时候我觉得人生真是一出戏，一会儿台上一会儿台下。

2. 某同事，日子过得非常仔细，吃面条有两块一碗的是绝对不吃五块的。买了辆汽车都是让4S店开的天窗，因为这样比原装的要省几千块。可是要打起牌来倒不吝几千块的输赢，有人问他："这是何苦呢？"回答说："要把钱用在刀刃上！"

3. 我们在一些武侠小说中经常看到一些独臂的大侠，这些大侠的武功一般比四肢健康的还要高。一麻友，在家登着厕所里的坐便安装热水器，不慎掉了下来，左臂骨折，打上石膏，裹上绷带，宛然一副独臂大侠模样。老婆说："跟单位请个假，在家里休息休息吧！"

一个人寻忙碌易，守安闲难，"独臂大侠"工作之余最大的爱好就是打牌。好玩的人几天听不到麻将声就难受，难受了就要去找有麻将声的地方。地方很快就找到了，他在旁边静静地看着，出于本心他是不想玩的，因为胳膊长期拐着有点儿空得慌。但树欲静而风不止，恰在这时有一人出去办点儿急事，不能说一个人有事就散场吧，救场如救火。何况你"独臂大侠"还有一只胳膊，凑合凑合，好玩的人是禁不住劝的。玩吧！几圈下来"独臂大侠"基本没和几把牌，结束的时候"独臂大侠"输了几千块，情绪非常懊丧，一语不哼地下楼。临分手的时候他突然看着右臂对我们说："戒了，再玩把这只也残了！"

很长时间没有见"独臂大侠"了，人们偶尔才谈起他，大家都为少了一个"战士"而遗憾。不知道过了多久，"独臂大侠"又出山了，我们嬉笑地问他："不是自残右臂吗？""独臂大侠"也嬉笑地对我们说："在哪跌倒要在哪爬起来，我是在疗伤！"

4.单位来新人了。没几日，几个好玩的人就凑过去问：

"会打牌吗?""一般,凑合着会。"

周末,新同事邀请我们去他家"坐坐",下午三点的时候就到了,喝了会儿茶,离吃饭的时间还远,大家不约而同地都想切磋切磋麻艺。主人看出了我们的意思,他很熟练地从门后面搬出了一个咖啡色的折叠圆桌,不如说是方桌,因为桌子的四个翻起来的圆角已经没了三个,剩下的一个在半个合页的牵扯下还在摇摆。随之,铺上台布,顺手打开立柜门,拿出一个天蓝色的盒子,哗啦一声,一副黄黄的、发着锈色的麻将牌滚落在桌上。打点儿调风,四个人根据点儿的大小,按照东西南北的顺序坐定,抓、打、吃、碰、听就开始了,新同事总是一脸的沉着,基本上是靠手摸来断定抓的是饼、是条、是万,技术非常老到,没几圈我们就不是他的对手了,显然不是"凑合"的水平。我想我们可能被新同事忽悠了,看他的架势应该是一个几十年的老江湖,桌子上掉的几个圆角肯定是打牌打掉的,牌上的锈斑肯定是用手摸的,越想越瘆。突然,有钥匙开门的声音,进来一漂亮少妇。"这是你们的嫂子。"新同事说。又面对进来的嫂子:"这是我的新同事,周末了来家里玩玩。"嫂子没有和我们进行多余的搭讪,只是客套地点了点头,一屁股就坐在了我后面的床上。我心想,也不问候我们一下,是不是嫂子不欢迎我们来她家玩牌?忍不住往后瞟了一眼,见她面带疑惑:"你刚才的五万打错了,应该打六条。"我仔细看确实错了,不然听牌了。看来嫂子没有说多余的话,是专注在我的牌上。以她分析牌的能力,明显是一个高手啊!

后来,嫂子接换了新同事,很有气势地坐在了麻将桌前。结果可想而知,主人对于客人的餐饮招待,全让客人超额买单了。夜深了,局散了,从新同事家出来,大家都用羡慕的口气说:他不仅是个老手,老婆也会,真是夫唱妇随呀!我说:"未必,恐怕是妇唱夫随!"

5. 老刘退休了。工作上是休息了,可业余生活还是要有的,退休金一千多,不敢有其他的爱好,只是偶尔打打小麻将,输得多赢得少。后来在老婆的训斥下,基本就戒了,可看看总是可以的。所以,就时不长地去看别人打牌。一次,夜不归宿,第二天早晨八点才蔫蔫地回来。老婆问:"干什么去了?""还能干什么,看打牌呗。""那还看了一宿?""昨天那几个人瘾头真大,也不说散,害得我整整看了一宿!"

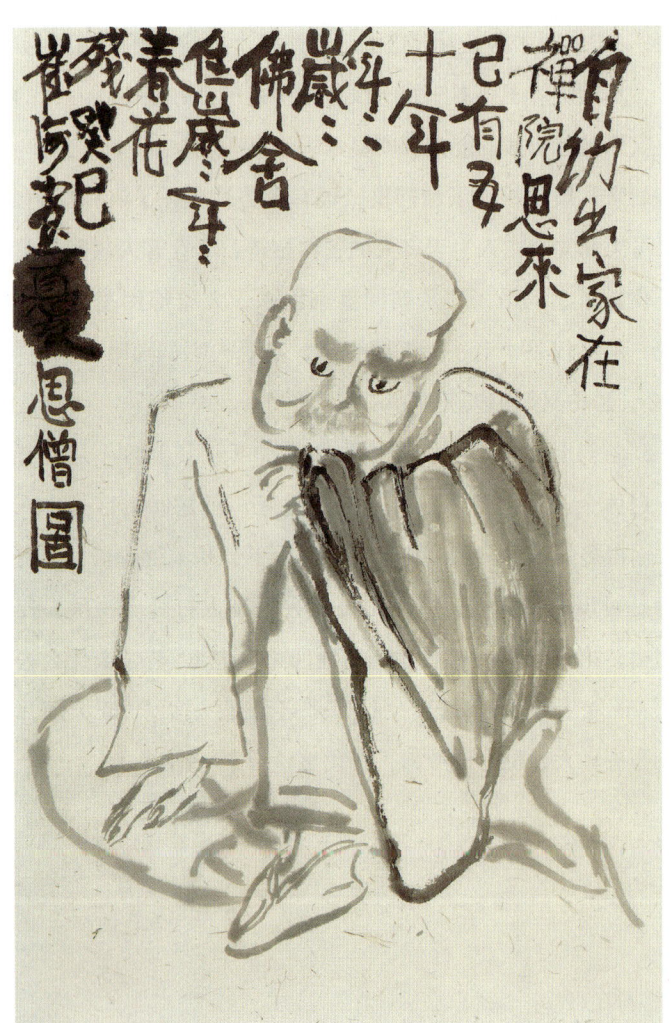

崔海　忧患僧人图　34cm×23cm　纸本墨笔　2013年

画案子

我刚上班时,办公室就是一个大教室,屋子虽然大,可没有一张桌子,更谈不上什么画案子。人总是会有办法的,于是在仓库里搜罗了张大展板,支了两个凳子,铺上毡子就算是有了画画的地方。

别看条件差,那时挺用功,其实主要是除了画画也不知干什么。偶尔会把上面的毡子卷起来当麻将桌,约朋友摸上几圈。输赢没多少,兴致却很高,那感觉今天还真不好再找到。

再后来,单位给做了个大画案,刷着20世纪80年代办公家具常见的黄漆,桌面上的毡子被我画得黑乎乎的,桌上堆满了颜料、毛笔、书籍、杯子、打火机……只是中间留着一块画画的地方,混乱不堪。每当提起笔来,先点燃一支烟再打开录音机,时常是侯宝林的相声或周信芳的京剧。一次,朋友来访,说起某某作画前虽不至于焚香净手,却也是好好将桌面收拾整理一番,清爽而又有条理,方凝神作画。我觉得似乎有理,便也将桌子好好收拾了一番。没过几日,复如从前。

这是十多年前的事了,而今有过之无不及。家里有张做工相对考究的画案,可大部分画作却出自于画室的一张架在两张办公桌间的旧床板上。书籍、杂物堆得满满当当,中间留的地方十分有限,别说六尺纸,就连四尺纸也铺不展。委委屈屈地在那缝隙里,容下多少算多少。就这么着一树、一石地画,好像也不妨碍画山高水长,林壑炊烟。

我爱写生,因为可以跳脱窠臼,立意天成,东面借山,西面借水,却又都是当时之所见,兴味盎然。而这时的"画案"或许是里大河老毛家的一个包饺子的拍子,或许是溪边一块平整的大石头。大石头好啊,连砚都省了,墨就倒在石头上,随沾随画,涮笔的溪水就在眼前,那种随意、尽兴的感觉,如同老农在田间,一草一木尽为我所有,我亦复归一草一木。

据说,毕加索的画室亦是拥挤不堪,在旁人眼中甚是杂乱。若是不如此,毕加索是否还是毕加索?不得而知。其实这些无关紧要,紧要的是我和大师扯上了一些联系,为自己寻找一些理由。

艺术创作若是可凭借材料、环境的考究就可"大放异彩",那倒省去了许多捻须搔首的痛苦。可惜艺术从来就不讲什么"定理",偏偏有时几片破纸就能画得出金帛银锭堆不出的堂皇气象,有时几毛钱的墨汁就可染得尽一山半川的野逸氤氲。不可捉摸,恰恰是艺术的迷人之处!在"师造化"和"得心源"之间,用些什么样的机巧都可以,只要结天地之灵气和人心之妙想于笔端。然万象在旁,千言万语不能言之一二,浓墨重彩不能绘之毫厘!

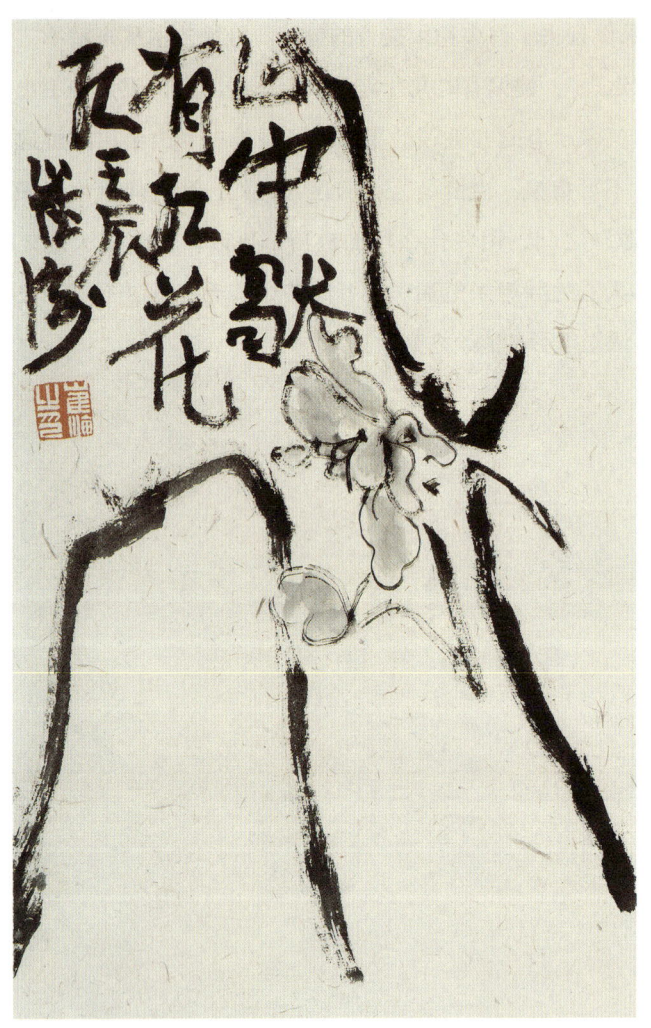

崔海　早梅图　34cm×23cm　纸本墨笔　2013年

崔海 赵州禅师图 34cm×23cm 纸本墨笔 2013年

那个时候,那些歌儿……

动物界物种丰富,但据说只有人懂得回忆。人是有思想的,我们不仅憧憬将来的美好生活,有时也不由得思想过去,想过去最方便的方式就哼哼着过去的歌曲。在一个国家经历地覆天翻的时代,你几乎已经见不到昔日的"物质"了,只有这"抽象"的音乐还能让你"具体"地想见当初。

一个人假如遇到苦恼忧伤的事情时,唱一首悲歌可能能排解自己的忧伤;遇到高兴的事情,哼两首小曲,也可以表达自己的愉悦心情。我爱哼哼几句歌是从20世纪80年代开始的。那时我在村里当广播员,一打开喇叭就会响起"年轻的朋友们,今天来相会……再过二十年我们……"一听见这首歌,我心里就会想到毛泽东说的:"世界是我们的,也是你们的,但归根结底是你们的,你们像八九点钟的太阳……"其实现在想想，那时的自己连三四点钟的太阳都算不上，没有光芒，就算是有光芒也不是自己发的，是在别人的照耀下沾染了一点点而已。别人都需要下地，成年男人一天挣十工分，妇女挣八工分，未成年的孩子挣六工分，我在广播室放放喇叭就有成年男人的待遇，这是有赖于跟我家关系不错的村干部的关照。

再后来，就听到了《在希望的田野上》，那大概是1981年。表面上讲的是田野上的希望，其实说的是国家的希望，但我喜欢的恐怕是那歌中流露的自然界中万物蓬勃发展的气息。那时提出了国民经济要翻两番，我想，兜里装着一块钱，到世纪末，就会变成四块钱！其实哪有那么简单。现在打牌也说翻番这事儿，是需要出大牌的。

没过多久，我坐在放着"靡靡之音"的列车车厢里，由定兴来到了石家庄。其实什么叫"靡靡之音"，也无非歌曲里少了一些亢奋，就好比和朋友聊天时，言谈间少了些革命口号，多了点你情我爱。但喊习惯了革命口号的人已经不习惯好好说话，邓丽君唱的《小城故事》《何日君再来》都成了扫黄打非的对象。也不知道那些执法者把毛主席提出的"百花齐放、百家争鸣"的口号扔到哪里去了。

不过，当时社会上有种学习的热情，就连一般的工人都参加夜校什么的。在农村种了一辈子地的家长们也意识到，父辈种地，孩子不长出息就只能种地。为了缩小城乡差别，读书上学是唯一改变孩子命运的机会。对于离开了农村的我，晃荡在城市的街上收破烂、卖鞋子、在工地上打工。看着别人夹着个饭盒去上班，心里也有说不出的羡慕。于是，就找到群艺馆的老师学习画画，画了一段时间老师对家里说：这孩子不太适合画画，还是干点别的吧。我听到了以后很懊恼，自己好像就对这个感兴趣，却又不具备学习的天赋，难道就真的不学了吗？我还是坚持了下来，原因是母亲他们都从老家来城市了，我也向往城市的生活，只有通过考学才能由农村户口变成城市户口。考文理科我是一点希望都没有的，还是坚持学画画吧。偶然一次翻杂志，看到梅兰芳学艺时，他的举止形态也都不符合一个演员的要求，可经过自己的苦练，后来还成了京剧大师，我为什么不能试试呢？现在想来老师说得是对的，我的绘画天赋确实不足，别人一眼就能观察到事物的本质，可我要看很多眼才行。有人说，我画的画比较黑，墨色很有情趣，我想主要是因为我造型能力和观察能力比较弱，对画面反复调整的结果。人们都说，笨鸟可以先飞，不过我认为，无论是笨鸟还是巧鸟，只要是飞翔就好。

不过思想的禁锢总归是会被打破的。1984年，张明敏的《我的中国心》正流行，《霍元甲》的主题歌也随着电视剧红遍

崔海 重源法师图 34cm×23cm 纸本墨笔 2013年

全国,那是一种既合乎爱国的大义又曲调上口的新形式。对我来说,对黄山、黄河、睡狮、巨龙代表的爱国情怀带来的感动大概也有,但是并不是重点,重点是好听,年轻人听了热血沸腾。可能这就是所谓的"积极向上"的歌曲对人的影响,跟听"靡靡之音"是不太一样。当时正在石家庄二中学习画画,画画是我自小一直喜欢的,可一进行素描、速写什么的练习,发现和自己小时候描只老虎、画个关公那感觉不太一样,这种学习更具有规范性。后来就进了河北师院办的美术班,结果在高考的时候还是落榜了。来年又在石家庄四中补习文化课,在四中学文化课更是痛苦——多年没有上学了,就算上学的时候也没好好上过课。所以,挣扎在对上大学的渴望和对学习的痛苦之间,也尝到了《童年》里"每天睡觉前才发现功课只做了一点点"的感觉,也有过《我想唱歌却不敢唱》的压抑。

也就是在这些歌声中,1985年我考上了河北师大。那个时候的大学生是被称为天之骄子的,可我一点这种感觉也没有:上的是师范,将来肯定当老师,一入学就听大家说"家有五斗粮,不当孩子王"之类的话,好像还不如上个美术中专什么的!连戴校徽的勇气都没有。好在大学的校园生活还是沸腾的,校园的大喇叭里常放着《热情的沙漠》《成吉思汗》之类的歌曲,许多有社交能力的同学参加诗社、书法社、舞蹈社之类的社团，每天都忙得不亦乐乎。可能因为自己比较内向，家境也不优越，总有种自卑感，晚饭后，有的同学去跳舞了，有的去谈朋友了，我只能在画室里闷头画画，现在回想，不是刻苦，只是出于无奈吧。

1986年，上大二，当时正流行《一无所有》，我们也一无所有，有的只是自己的青春和朝气。有些同学开始搞些装置呀、现代艺术展览之类的事儿，还有些人跑到北京买些弗洛伊德、叔本华、庄子之类很高深的书。他们说弗洛伊德通过对梦的解析就可以看出人的本质，搞艺术的不读庄子永远是搞皮毛。后来我也偷偷买了一本《梦的解析》放在枕头边，可一翻就犯困，一看就想做梦，更没好意思跟同学沟通过什么精神分析。那年春天我们去十渡写生，路上坐火车，我晕车，把自己的肚子也吐得一无所有了，那时真有种痛不欲生的感觉。写生回来，在北京倒车，虽然北京离我家乡很近，但这是我第一次去北京。在那儿我看到了李可染和吴作人的展览，第一次见到李可染的画我就很喜欢，喜欢他那种厚重、质朴，这可能对自己以后画画有点潜移默化的影响。

1987年，费翔的《冬天里的一把火》不仅火了大江南北，大兴安岭也着了火。其实那时全国上下都在上火，倒爷儿到处都是，"投机倒把"被合法化了，参与的人多起来，一部分人先富起来了,没富起来的人眼都红了。

1987年下半年,开始分专业了。分专业前,好多同学是喜欢油画的。好像还考了一次试,成绩好的上油画,成绩不好的上国画、工艺。我成绩还不错,可是我骨子里是喜欢国画的,大概是我考学前练过毛笔字的缘故,自然选了国画。国画班的教室是音乐系原来的舞蹈教室,大概七八十平方米不止,班里有十几个同学。不过当时的绘画界正谈论什么中国画已到了穷途末路的时候了,对于我们这些选修国画的学生来说,就好像你刚排上队,人家说货已经卖完了。这时候班里常放着齐秦的《北方的狼》《大约在冬季》,还有《外面的世界》什么的。好像也就是从这个时候开始,我懂得了什么叫伤感,似乎像一匹孤独的狼,难倒是长大了?

后来南方有个歌手唱什么《铁窗泪》。听说这个歌手忏悔了,原因不过是多搞了几个女朋友。想想现在包二奶、三奶的多得是,还是过去的人觉悟高。

当时我们在教室里都喜欢把大画板用架子支起来,把自己的画案了隔成 个小空间。美术课上课的形式跟别的学科不一样,老师也不在讲台上,就是在你画案前看看画,说上几句。那时的先生有尤宝峰、朱介夫、孙安、李明久、刘进安等,都抽烟。本来我不抽烟,但因为想让老师在自己画案前多待一会

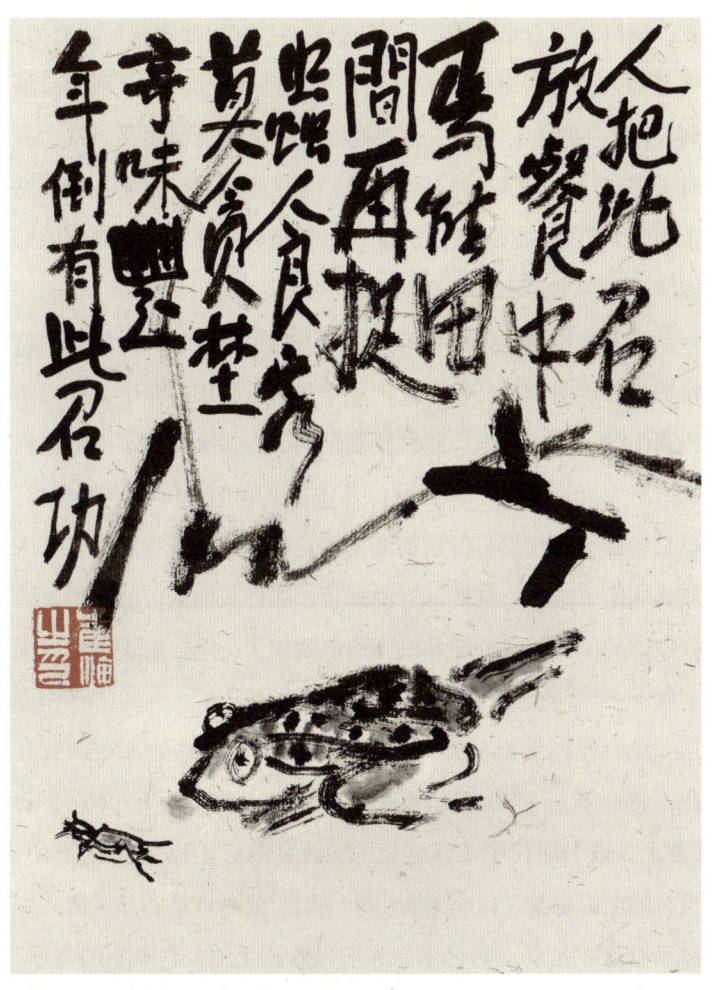

崔海　捉虫图之一　34cm×23cm　纸本墨笔　2012年

儿，所以就买盒烟放着，一般就是"兰草""黄菊花"之类的，等老师来了之后敬支烟。时间长了老师往往会说："别光我抽啊，你也抽吧！"一来二去，就抽起烟来，直到现在。其实那时老师对自己的学生还是挺亲的，把学生当自己孩子一样，总希望大家上学时别荒废了光阴。可是想想真惭愧，老师们的好传统未必学到，不良爱好倒是都学会了。

过去系里是有材料费的，每个人每个月有三四十块钱的材料费，分班前我是经常替大家画作业的。我用一张纸，他们给我两张纸，赚一张纸，我就挺满足的。有一次我买了一个灰棉袄，有个女同学见了特喜欢，总说要买我的，可我也很喜欢，总是坚持不同意卖。但我的纸又总是不够用，最终的结果是用灰棉袄换了她的材料费。时隔多年，那件灰棉袄可能已经卖给收破烂的了；而我的那些画大概也都成了废纸，反正记不得画了些什么。什么更有意义，谁也说不清楚。

那时候，大街上到处都是播音的喇叭，到处都在播放歌曲，很少有一首歌能唱很多年了。直吼吼的《信天游》和《黄土高坡》取代了柔情蜜意的《故乡的云》《安娜》之类的，当时的电影也是《红高粱》《黄土地》，油画也是西部风情，好像只有这才是真正的艺术。人们喜欢黄土地，喜欢它的宽厚、苍茫、质朴，喜欢它的原始气息，那时大概认为美的东西都是俗的。老师让我们临传统的山和水，我打骨子里就太不喜欢。当时上课的杨建民老师，让我们临的是沈周的《庐山高》、范宽的《雪景寒林图》之类的，一看就头疼，我为了完成作业，忍着，勉强地临了两幅弘仁的小景，就是因为它简单，老师也勉强给了我个及格。后来画写生，我画的人物很夸张、粗放，画中尽是几何形，其实也有点标新立异的冲动和无病呻吟的感觉吧。

1988年底、1989年初的时候，出现了许多绘画群体，什么实验水墨、水墨空间等等。但我最喜欢的，还是新文人画，或者说，新文人画的一批画家，像朱新建、边平山什么的，好像他们比齐白石画得还好。现在看来，他们只是在传统的基础上加上了自己的情趣。但细想想，齐白石不也是吗？

1989年快毕业了，最不想去的地方就是去学校当老师。当时联系了省电视台，但人事处长说，没有指标，没去成，只好去了石家庄一中。你最不愿去哪儿还是去了哪儿，虽然有点不甘心，但也只能像当时一首歌唱的那样"跟着感觉走"了。

现在回想起来，那些歌儿唱过的时代是国家大变革的时代，也是我年轻时内心冲动的时代。时至今日，嘴里喜欢唱的，也还是那些歌儿而已，似乎总离不开那个年代。昨天要填张表儿，一不留神，我又写成了1985年。

崔海 坐禅图 34cm×23cm 纸本墨笔 2013年

饥渴未能得饮食之正

早年间喝水就是喝水而已,只要能盛水,用什么物件并不在意。最常用的是一种玻璃罐头瓶,不仅吃了里边的罐头,瓶子还可以留着喝水用,反而觉得专门买个杯子怪浪费的。正所谓:"饥渴未能得饮食之正"。

喝水无非是为了解渴,用什么器皿并不紧要。不知从什么时候开始讲究起来了,家里、画室里,堆满了各种款式的茶壶茶碗,还有了紫砂壶。难道是"得饮食之正"了吗?也未必,解渴喝水的事于人之初本来简单到可以就着溪涧手捧即可,今天却烦琐到选茶、选水、选茶具、挑几案名目繁多,极尽铺陈。这算不上雅,只是说以此来消磨多余的时光,多一些生活的趣味而已。

"君子不器不立",在中国人的习惯中,人的品性和成就都要用一件器皿来形容。酒醇饭香固然是饮食的第一要事,然而嘴在眼睛之下,入口之物必得好看。酒浆的颜色,菜肴的丰简,都得选适合的器皿,所以喝酒有兕觥、角、觯乃至竹木虾头诸等异器;饭再好吃,却还有一句"美食不如美器"跟着。葡萄美酒的香醇不知如何,可夜光杯盛酒的美感已成佳话。

因物择器,也因人择器,王熙凤给刘姥姥用银头象牙的大筷子不是因为她尊贵,恰是与身份不合的滑稽,如同小个子卓别林的大鞋,自然会有喜剧效果。茶与酒和饭相比,器具的重要性更是到了因器忘茶的地步。以大碗盛之则曰"大碗茶",以小罐盛之则曰"罐罐茶"。你真要是渴了当然是大碗实惠。

紫砂可以说是"低调奢华"。一捧泥土,经过精工细制,已然是一件精美的器具,却还要极尽巧思,镂刻写画,要让它焕发出耐人寻味的精神。藏家把玩,又可养出玉般的光泽,所谓的"紫玉金砂",比金子还珍贵。塑料杯、玻璃杯、陶瓷杯只会越用越旧,紫砂的神奇却在于它是活的,自泥坯成型至使用养护的整个过程它都在生长,没有"旧",只有"老",且越"老"越"美"。

世间万物之形,无外乎方圆。壶之异态,各有其美,然皆为方圆变幻。欲得一壶之美,自砂质之粗细,拉坯之百炼千锤,器型之韵致,细节之精妙合理,手感之温润舒爽,到字画

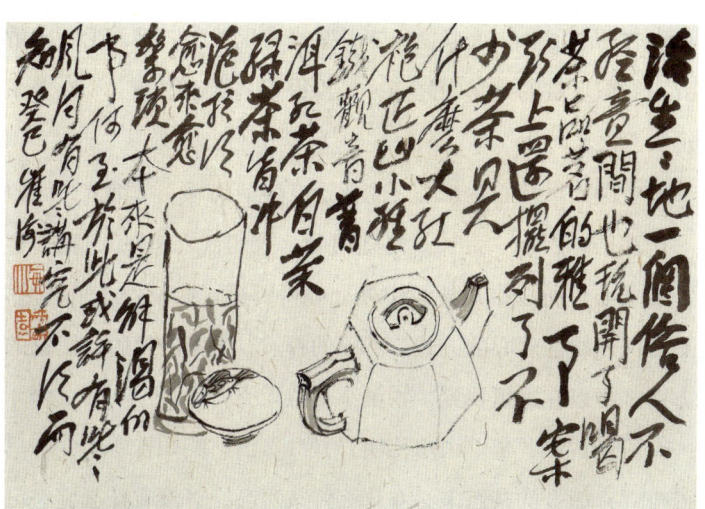

崔海　茶具图　23cm×34cm　纸本墨笔　2013年

金石之巧思回味，火候之得当，掌壶者玩养之应手，无一不重要。看似玩赏的是掌中之壶，又焉得不是借壶中一方天地养乐道安善之心？

中国人重修心。修心之念渗透在生活的每一个细节，屈原心志高洁，所以"带长铗之陆离兮，冠切云之崔嵬"，孔子存仁爱之心，所以御车抚琴中处处寻得贤德。饮茶固然是消遣，更是文人娱情养心的方式。佛家的释然，道家的超脱，儒家的方正都可以在这里找到，物虽小却意无穷。

可惜古人"半壁山房待明月，一盏清茗酬知音"的安静早已难寻，而今的茶馆未必有什么好茶可品，更没有什么好壶可赏。客人大多是生意场或是官场的人，聊的和茶没有什么关系，更很少能见到喜欢茶、懂茶的客人。更有甚者，茶社其实就是棋牌室，一天到晚是哗啦哗啦的麻将声。

一个金钱说了算的时代，守住自己的灵魂是一件不太容易的事。过去是"君子不器不立"，今天不知"人"和"器"该是种什么关系？似乎很少有人愿意在平凡中的体会讲究。人们愿意买LV包和宝马车，愿意在紫砂壶里泡成千上万的铁观音，十万八万的普洱茶，愿意追求生活的"奢侈"。也许这无可厚非，有人觉得贵的茶确实香，无论多贵，只要你消费得起都是合理的。但假如只求最贵不求最好，铜钱的味道胜过了茶叶的味道就失去了它特有的文化品性。越追慕奢侈就越无知，这句话可能有些片面，俗话说一分价钱一分货。但无条件的价格追慕很可怕，可怕到把真牙打掉咽到了肚子里，镶成金的。

褒贬品评别人的话总是很容易说出口，一不留神就喋喋不休。可带着愤青的火气即便是出于正义也远离了君子的本色，远离了紫砂壶期待人应有的气度。有道是"君子素其位而行"，人若能安心于自己之所能便少了许多火气、浮躁气，就如壶中之上品，和谐、温润、内敛。所以制壶者不必多言，看看他的壶就知他是雅是俗；用壶者也无须多言，看壶就知其道行有几分。识人何妨先识壶？一把壶中见天机。